너의 운명으로
달아나라

■ 이 도서의 국립중앙도서관 출판시도서목록(CIP)은
서지정보유통지원시스템 홈페이지(http://seoji.nl.go.kr)와
국가자료공동목록시스템(http://www.nl.go.kr/kolisnet)에서 이용하실 수 있습니다.
(CIP제어번호: CIP 2017018226)

너의 운명으로
달아나라

니체 카잔차키스 서머싯 모옴 쿤데라의 삶의 성찰들

이현우

마음산책

너의 운명으로
달아나라

1판 1쇄 발행 2017년 8월 5일
1판 5쇄 발행 2020년 3월 5일

지은이 | 이현우
펴낸이 | 정은숙
펴낸곳 | 마음산책

등록 | 2000년 7월 28일(제13-653호)
주소 | (우 04043) 서울시 마포구 잔다리로 3안길 20
전화 | 대표 362-1452 편집 362-1451   팩스 | 362-1455
홈페이지 | http://www.maumsan.com
블로그 | maumsanchaek.blog.me
트위터 | http://twitter.com/maumsanchaek
페이스북 | http://www.facebook.com/maumsan
전자우편 | maum@maumsan.com

ISBN 978-89-6090-331-9 03800

지금까지의 생이
이대로 반복되어도 좋은가?

니체의 작가들

이 책은 철학자 프리드리히 니체의『차라투스트라는 이렇게 말했다』를 필두로 하여, 니코스 카찬차키스의『그리스인 조르바』와『최후의 유혹』, 서머싯 모옴의『달과 6펜스』『인생의 베일』『면도날』그리고 밀란 쿤데라의『정체성』『농담』『참을 수 없는 존재의 가벼움』에 대한 강의를 책으로 엮은 것입니다. 작업 중에는 '니체의 작가들'이 가제였습니다. 제목이 독자로 하여금 너무 많은 것을 기대하게 할 듯하다는 우려 때문에 최종적으로는 '너의 운명으로 달아나라'라는 제목으로 정했습니다. 니체의 경구 '너의 운명을 사랑하라'를 비튼 제목입니다.

'니체의 작가들'이라는 가제라면 니체를 읽은 작가들이나 니체가 영향을 미친 작가들을 떠올리게 될 텐데, 제가 염두에 둔 것은 후자입니다. 그렇더라도 상당히 많은 작가를 거론할 수 있겠지만, 한정된 일정 안에서는 가능하지 않은 일입니다. 저는 소박하게 카잔차키스와 모옴 그리고 쿤데라, 세 작가를 읽는 강의로 꾸몄습니다.

카잔차키스는 젊은 시절 니체를 열독한 작가이고, 쿤데라는 『참을 수 없는 존재의 가벼움』에서 니체의 영원회귀를 주요한 모티브로 다루고 있어서 니체와 함께 자연스레 떠올릴 수 있었습니다. 모옴이 포함된 건 직접적인 인연은 없더라도 주제로 보아 니체 철학과 연관 지어볼 수 있겠다는 판단 때문이었습니다. 니체의 철학을 일종의 '예술가 철학'이라고 생각하기에 예술가나 구도자를 등장시키는 모옴의 소설들과 접점이 만들어질 수 있을 거라고 보았습니다.

세 작가로 범위를 한정하더라도, 일의 규모는 작지 않았습니다. 게다가 카잔차키스와 쿤데라는 국내에 전집까지 나와 있는 작가들이고, 모옴도 적잖은 작품이 소개된 작가입니다. 니체의 『차라투스트라는 이렇게 말했다』에 대한 특강을 제외하면 전체 10강의 일정 안에 세 작가를 다루어야 했기에 대표작 몇 권을 선택했습니다. 선택은 언제나 얼마간의 주관적 판단을 포함하게 됩니다. 물론 카잔차키스의 『그리스인 조르바』와 모옴의 『달과 6펜스』 그리고 쿤데라의 『참을 수 없는 존재의 가벼움』은 가장 널리 읽히는 대표작들이기에 전혀 주관적인 선택이 아닙니다. 오히려 이 작품들을 빼놓는다면 지극히 주관적인 선택이 되겠지요.

문제는 이 책들과 함께 읽을 다른 작품을 고르는 일이었는데, 오래 고민하지는 않았지만 '라인업'에서 뺐다고 해서 제가 평가절하하는 것은 아닙니다. 카잔차키스의 경우『그리스인 조르바』
와 함께『영혼의 자서전』이 중요한 작품이라고 생각하지만 이번
강의에서는『최후의 유혹』을 선택했습니다. 모옴의 경우에도『인
간의 굴레』가 들어갈 수 있었지만 분량과 대중성에 대한 고려로
『인생의 베일』을 골랐습니다. 〈페인티드 베일〉2006이라는 영화로
도 만들어져 독자들에게 더 친숙할 것입니다. 쿤데라의 경우에
는『농담』『참을 수 없는 존재의 가벼움』과 같이 읽어볼 만한 대
표작으로『불멸』을 꼽을 수 있지만, 조금 가벼운 분량의 작품으
로 시작하는 것이 좋을 듯해『정체성』을 골랐습니다. 강의의 진
용은 그렇게 해서 갖춰지게 되었습니다.

벌써 오래전 일처럼 여겨지지만 이 책의 체제와 같은 구성의
강의를 2016년 봄 학기에 한 문화센터에서 진행했습니다. 몇몇
작품은 이전에 다른 강의에서 살펴본 적이 있었지만 절반 정도
는 처음 다루는 작품이었습니다. 카잔차키스의『최후의 유혹』
과 모옴의 작품들이 이번 강의에서 처음 읽게 된 책입니다. 그
런 만큼 강의 준비는 얼마간 부담이 되면서도 즐거운 일이었습
니다.

아주 오래전에 읽은 한 교사의 말에 따르면, 교사는 자신이
잘 아는 것보다 알고 싶은 것을 가르칠 때 더 잘 가르칠 수 있습
니다. 제가 최상의 강의를 했다고는 말씀드릴 수 없지만, 적어도
흥미를 갖고 알고 싶어 한 작품과 주제를 골랐다고는 말씀드릴
수 있습니다. 그것이 이 강의가 저에게 갖는 의미이면서 강의에
대한 자부입니다. 누구도 제안하지 않은 강의를 전적으로 자의

에 따라 기획하고 순조롭게 마무리 지었다는 사실에 만족감을 느낍니다.

일회적으로 진행한 문학 강의를 이렇게 책으로 엮어낸 일이 저로선 처음은 아닙니다. 두 권으로 이루어진 『로쟈의 러시아 문학 강의』와 『아주 사적인 독서』 등이 그에 해당합니다. 대학에서 러시아 문학을 전공하고 대학 안팎에서 러시아 문학과 세계 문학을 강의해온 지 20년이 되었습니다. 그간 쌓은 이력과 경험을 바탕으로 여러 권의 책을 펴냈고, 또 앞으로도 다수의 책을 출간할 예정입니다. 이런 책이 누구에게 소용이 되고, 어떤 의미가 있을지 생각해보곤 합니다.

대부분의 강의가 문학 작품과 고전에 관심을 둔 일반 대중을 상대로 진행되기에 아주 전문적이지는 않습니다. 그렇다고 너무 평이한 수준에 그치는 것도 제가 원하는 바는 아닙니다. 제가 바라는 건 그 중간에서 '다리' 역할을 하는 것입니다. 사실 이 '다리'야말로 이 책에서 다룬 중요한 주제이기도 합니다. 통상적으로는 '가이드'의 역할이기도 합니다.

이미 펴낸 책들과 마찬가지로 『너의 운명으로 달아나라』도 본문에서 다룬 작가와 작품에 대한 일종의 가이드가 되어줄 수 있습니다. 물론 모든 여행에 가이드가 필요한 건 아니듯이(가이드를 동반하지 않는 여행을 우리는 '자유 여행'이라고 부르지요.) 모든 독서에도 가이드북이 필요하지는 않습니다. '내 맘대로 독서'를 '자유 독서'라고도 부를 수 있을 것입니다.

그런데 제 경험도 그렇고, 초보 여행자라면 현지 사정을 잘 아는 가이드의 도움을 받는 것이 나쁘지 않습니다. 그런 경험이 쌓이게 되면 여행의 노하우, 독서의 노하우가 자연스레 체득되고 그 이후에는 자유 여행과 자유 독서를 자연스레 시작할 수 있는 것이지요. 딱 그만큼의 역할을 이 책이 감당할 수 있다면 저로선 더 바랄 게 없습니다. 더불어 바란다면, 실제로 현장에서 강의를 들으신 분들에게는 이 책이 멋진 기념품이 되면 좋겠습니다.

『너의 운명으로 달아나라』도 일종의 '강의책'입니다. 강의는 제 몫이지만, 책을 만드는 일은 여러 사람의 손을 거치게 됩니다. 제가 제안한 책의 제목은 '너의 운명을 사랑하라'였지만 마음산책에서 '너의 운명으로 달아나라'라는 예기치 않은 제목을 운명처럼 지어주었습니다. 원고를 가장 오랫동안 손에 붙들고 읽어준 이들의 견해이기에 흔쾌히 수용했습니다.

강의에서 자세하게 설명하겠지만 운명애란 자신의 운명을 의지로써 수용하는 것입니다. 예정을 앞질러서 한여름에 나오게 된 이 책의 운명을 사랑합니다. 이 책의 제목을 사랑하고 이 책의 표지를 사랑하며 이 책을 손에 든 여러분을 사랑합니다. 다른 무엇으로 대체할 수 없는, 어쩔 수 없는 것들을 우리는 사랑하기 마련입니다. 그렇게 어쩔 수 없는 것으로 만든 이가 우리들 자신이니까요.

저자로서 갖는 은밀한 기쁨은 이제 이 책을 안 읽어도 된다는 데 있습니다. 사랑도 지겨울 때가 있는 법이고 운명에 대한 사랑도 마찬가지입니다. 오래 별러왔던 말을 여기에 적습니다. "바이-바이!" 이제 저 또한 다른 운명으로 달아나고자 하는 자의 표정을 짓고자 합니다. 어딘가 낯선 도시에서 우리가 마주친다 하더라도 서로 아는 체하지 말기로 합시다! 그대도, 그리고 나도.

2017년 7월

이현우

차례

일상을 바라보는 냉철함 서머싯 모옴 William Somerset Maugham

무거움과 가벼움 사이에서 밀란 쿤데라 Milan Kundera

- 일러두기

1. 국내에 소개된 작품명은 번역된 제목을 따랐고, 소개되지 않은 작품명은 우리말로 옮겼다.
2. 외국 인명, 지명, 작품명 및 독음은 외래어 표기법을 따르되 매체에서 통용되는 관용적인 표현을 살린 경우가 많다.
3. 마지막 쪽에 본문에서 인용한 책의 서지 사항을 밝혀두었다.
4. 영화명, 텔레비전 프로그램명, 잡지와 신문 등의 매체명, 곡명은 〈 〉, 책 제목은 『 』, 단편소설 제목, 기타 편명은 「 」로 묶었다.

인간은 유일무이한 존재이고,
단 한 번밖에 살 수가 없다.

너의 운명을
사랑하라

프리드리히 니체Friedrich Wilhelm Nietzsche 1844~1900

『비극의 탄생』(1872)

『반시대적 고찰』(1873~1876)

『인간적인 너무나 인간적인』(1878)

『즐거운 학문』(1882)

『차라투스트라는 이렇게 말했다』(1883~1885)

『힘의 의지』(1884)

『선악의 저편』(1886)

『도덕의 계보』(1887)

『우상의 황혼』(1889)

『이 사람을 보라』(1889)

Friedrich
Wilhelm
Nietzsche

초인과
영원회귀

"인간의 위대함은 그가 다리橋일 뿐 목적이 아니라는 데 있다. 인간이 사랑스러울 수 있는 것은 그가 건너가는 존재이며 몰락하는 존재라는 데 있다."

『차라투스트라는 이렇게 말했다』는 니체의 저서 가운데 가장 어려운 책입니다. 니체는 이 책이 당대에는 이해받지 못할 거라 생각했고 100년쯤 지나면 읽히겠거니, 했습니다. 그의 예상을 넘어서서 한국에서는 니체 입문서로 권장되는 등 과도하게 읽고 있는 것은 아닌가 합니다. 그렇다면 동시에 제대로 이해되고 있는가, 이는 별개의 문제입니다. 난해한 책이라는 것을 전제하고 핵심적인 문제의식에 대해 살펴보겠습니다.

불온한 철학자

니체는 1844년에 태어나 1900년에 세상을 떠납니다. 1889년, 니체는 유명한 발작을 일으킵니다. 이탈리아 토리노 광장에서 학대받는 말을 안고 쓰러진 뒤 요양원에서 10여 년 동안 지내다가 사망했고 그 기간은 공백기나 다름없습니다. 실질적으로는 45세까지만 살았던 셈이지요. 니체의 전집은 상당한 분량이지만 짧은 생애 동안에 다 써냅니다.

국내에는 유고를 포함한 전집이 나와 있습니다. 철학자 가운데 전집이 출간된 경우는 드문데 니체가 예외적입니다. 국내에 그만큼 독자가 있다는 뜻이겠지요. 그렇다면 니체에게 매력을 느끼게 하는 특별한 요인이 있는지 생각해볼 문제인데, 일반적으로 전 세계인이 모두 니체를 사랑하지는 않습니다. 영어권에서 나온 최초의 연구서 가운데 한 권은 아서 단토의 『철학자로서 니체』1965였습니다. 왜 '철학자 니체'가 제목까지 되는가 하면 이전까지는 그를 철학자로 인정하지 않았기 때문입니다. 오늘날까지 그 평가가 다 불식되지는 않았어요. 진지하게 검토할 사상이나 자기 철학을 가지고 있는가에 대해서 회의적인 사람도 많습니다. 대개는 영미권이 그렇습니다. 물론 유럽, 특히 프랑스 쪽은 다릅니다.

니체의 철학은 나치 정권 때 오용된 적이 있습니다. 히틀러의 아리안족 우월주의를 정당화하는 데 쓰이면서 세계대전 이후 독일에는 니체에 대한 상당한 반감이 있었습니다. 이러한 독일에서 니체 철학을 구제하려고 애쓴 사람은 하이데거입니다.

니체는 자신의 철학에 자부심을 갖고 있었습니다. 서양철학 2500년의 역사가 자기 앞에서 끝나고 자신과 함께 새로운 철학이 시작된다고 생각합니다. 철학사가 '니체 이전'과 '니체 이후'로 나뉜다는 것이지요. 하이데거는 그 정신을 이어받아 서양철학사는 니체에서 끝난다고 말합니다. 니체는 새로운 철학의 시작이 아니라 전통 형이상학의 정점이자 마지막 철학이다, 라고 새롭게 규정합니다. 이런 의미에서 니체를 치켜세웁니다. 하이데거는 악역이 필요했고 이를 니체에게 맡긴 것입니다. 이것이 하이데거의 니체론이며 그의 니체 강의가 1961년에 책으로 나옵니다. 칼 야스퍼스 또한 니체에 대한 책을 출간했고요. 두 걸출한 철학자가 니체론을 썼지만 독일의 전반적인 분위기는 '니체는 불온하고 위험한 철학자'라는 것입니다.

이러한 생각은 전후에도 지속됐는데 1960년대 프랑스에서 반전이 일어났습니다. 미셸 푸코, 질 들뢰즈, 자크 데리다 등 20세기 후반의 간판 철학자들은 전부 니체를 좋아했습니다. 독일에서 그 분위기를 재수용한 뒤 프랑스 쪽 해석은 버리는데 니체를 두고 지적 주도권 다툼까지 벌이곤 합니다. 이것이 20세기 후반의 '니체 붐' 또는 재평가의 배경입니다.

니체의 자부심

『이 사람을 보라』1889는 니체의 자서전 같은 책입니다. 입문서로는 가장 좋습니다. 니체의 저서를 읽기 전에 먼저 사람을 만나보는 겁니다. 읽은 뒤 두 가지 반응이 가능합니다. 니체를 좋아하게 되거나 아니면 정나미가 뚝 떨어지거나. 그는 이 얇은 책에 자기 자신을 솔직하게 드러냈습니다. 주의사항은 니체가 속칭 대단한 '자뻑'의 철학자이기 때문에 감안하고 읽으셔야 한다는 겁니다. '나는 왜 이렇게 영리한가? 나는 왜 이렇게 좋은 책만 썼는가' 등등 자랑을 늘어놓습니다.

이 책에서 『차라투스트라는 이렇게 말했다』에 대해 언급한 부분을 보면 '이 책은 아주 독보적이다. 인류에게 그 어떤 것보다도 더 큰 선물을 주었다. 수천 년간 퍼져나갈 목소리를 지녔고(지금 100년 정도 되었습니다.) 존재하는 것 가운데 최고이며 진정 높은 공기의 책이다.(아랫것들은 읽지 말라는 겁니다.) 뿐만 아니라 가장 심오한 책으로서 진리의 가장 깊숙한 보고에서 탄생했고 두레박을 내리면 황금과 선의가 담겨 올라오지 않을 수 없는, 고갈되지 않는 샘이다'라고 자평했습니다. '다섯 번째 복음서'라고도 했는데 이는 차라리 겸손한 표현이라고 생각합니다. 진정한 첫 번째 복음서라고 이야기하지 않아서.

그렇듯 니체 스스로 자부한 책입니다. 그런데 부제가 있습니다. '모든 이를 위한 그러나 그 누구의 것도 아닌 책.' 모두를 위해서 썼지만 아무도 이해하지 못할 거라는 의미입니다. 대단한 시혜적 태도와 오만함이 들어 있습니다. 형식도 독특합니다. 니체의 책이 전부 이렇지는 않습니다. 초기 저작은 에세이로 쓰였고, 중기에는 아포리즘이 많습니다. 유고 또한 단장斷章식으로 되어 있는데 독특한 형식입니다. 『차라투스트라는 이렇게 말했다』는 4부로 구성되었고 일종의 4막 드라마로 읽을 수 있습니다. 이 책은 국내 번역본이 여러 종 출간되었는데 '세계문학전집'에 들어 있습니다. 불만스럽게 생각하는 철학 전공자도 있습니다만 이 책은 문학적인 구성이어서 이러한 짜임이 불가피한 작품입니다.

많은 이가 이 책을 오해한다고 생각합니다. 철학은 개념으로써 논증하는 것입니다. 이와 달리 문학은 구성이나 배치를 통해서 메시지를 전달합니다. 즉 방식이 다릅니다. 『차라투스트라는 이렇게 말했다』의 핵심 개념은 논증 방식으로 전달할 수 없기 때문에 특이한 구성을 한 겁니다. 차라투스트라라는 주인공이 등장하고 여정과 행적, 갈등, 에피소드가 있습니다. 설교라는 가르침도 있지만 일방적이지 않습니다.

'공자 왈, 예수 가라사대'와는 다릅니다. 이는 말 그대로 '레슨'입니다. 『차라투스트라는 이렇게 말했다』에는 레슨뿐 아니라 주인공의 깨달음의 여정이 있습니다. 이를 다루기 위해서는 드라마적 구성이 필요하지만 철학자들은 초인, 영원회귀, 운명애 등 몇 가지 주제를 병렬하는 방식으로 해석합니다. 그런데 이러한 방법으로는 작품을 이해하기 어렵습니다. 『차라투스트라는 이렇게 말했다』의 핵심은 주제 사이의 갈등과 충돌이기 때문입니다. 이 충돌을 해소하기 위해서 니체는 굉장히 고심했고 (차라투스트라는 니체의 분신으로도 읽을 수 있습니다.) 따라서 여정 자체가 중요한 의미를 갖습니다.

『차라투스트라는 이렇게 말했다』는 3부까지 먼저 나온 뒤 4부는 별도로 발표됩니다. 당시 아무도 출간해주지 않아서 니체가 자비출판을 했습니다. 4부는 몇십 부밖에 안 찍었으니 니체를 당대에 읽은 사람은 드뭅니다. 니체로서도 동시대인에게 읽히고 이해받기를 기대하기 어려웠어요. 100년 뒤에나 기대해볼 만하다고 생각합니다.

눈을 깜박이는 인간

이 책의 핵심 사상은 '초인'과 '영원회귀'입니다. 초반부의 초인에 대한 레슨과 후반부의 영원회귀에 대한 레슨으로 구성됩니다. 문제는 초인과 영원회귀는 상호 배제적이라는 것입니다. 한 사람이 초인도 이야기하고 영원회귀도 이야기하는 것은 모순이라는 고사와 똑같습니다. 모든 것을 뚫을 수 있는 창, 모든 것을 막을 수 있는 방패. 그래서 한 레슨에서 다른 레슨으로 바로 넘어가지 못하기 때문에 중간에 앓았다 회복하는 드라마적 구성이 필요합니다. 차라투스트라는 동굴에 가서 이레 동안 앓아눕습니다. 그리고 회복합니다. 서서히 기운을 차라고 나니 주위에 아무도 없어 동물들과 대화를 합니다. 중요한 대목이지만 개념으로만 이해하면 이 장면들이 부수적인 것으로 빠지고 줄거리만 남습니다.

핵심은 초인과 영원회귀 그리고 그 둘 사이의 모순과 극복 과정을 이해하는 것입니다. 먼저 초인에 대해 살펴보죠. 독일어 '위버멘쉬Übermensch'를 번역한 말입니다. 초인의 짝 개념은 영어 라스트맨Last Man으로 번역되는 '말인'이고요. 보통 '최후의 인간'이라고 하는데 '말인'으로 번역한 사람은 작가 루쉰입니다. 도무지 비장함과는 관계없는 인간을 가리킵니다. 차라투스트라의 레슨을 요약하면 '우리 초인 되기는 어렵지만 말인은 되지 말자'입니다. 군자, 소인과 비교해서 많이 쓰는데 소인과 말인은 무엇이 다른가? 소인은 생리적·지적인 면으로 보면 평범하지만 품

너의 운명으로 달아나라

격이 떨어지는, 인격이 보잘것없는 인간입니다. 그러나 말인은 우매하면서도 선량하다는 것이 문제입니다.

루쉰은 당시 중국인들을 찍은 사진 한 장을 보며 참담함을 느낍니다. 착해 보이는 동시에 모자라 보여요. 20세기 초반, 외세의 침입 때문에 나라의 운명이 풍전등화이니 빠릿빠릿해야 하는데 그저 다 선량한 눈빛입니다. 루쉰은 이를 보고 탄식합니다. 이들이 바로 사악하지 못한 인간, 말인입니다. 사랑은 무엇인가? 창조는 무엇인가? 동경은 무엇인가? 별은 무엇인가? 질문하면 눈을 깜박입니다. 다르게 말하면 '눈을 깜박이는 인간'이지요. 선량하지만 사유는 어렵습니다. 대단히 비하하는 말입니다. 말인은 인생 목표가 행복이라고 생각해요. 그 이상의 가치는 모릅니다.

이런 구도의 설정에서 짐작할 수 있는데, 니체 철학은 민주주의와 관계가 없습니다. 니체가 가장 혐오하는 것은 평등입니다. 초인이 있고 말인이 있는데 인간이 같을 수가 없습니다. 니체의 주문은 말인이기 때문에 다른 대우를 받아야 한다는 것이 아니라 벗어나야 한다는 겁니다. 인간은 초인이 되기 위해서 애써야 한다는 거지요. 초인이 안 되면 초인을 낳기라도 해야 합니다. 초인을 낳으려는 의지가 있는가? 결혼의 목적이 그겁니다. 니체는 아무 생각 없이 하는 결혼은 거위와 부부가 되는 것이라고 말합니다. 니체는 독설로도 유명한데 아주 신랄합니다.

그럼 말인과 대비되는 초인은 무엇인가. 차라투스트라의 말에 따르면 초인은 '넘어가는 인간'이면서 '극복하는 인간'입니다.

그래서 '극복인'이라고 옮기기도 합니다.

> "나는 그대들에게 초인을 가르치려 하노라. 인간은 극복되
> 어야 할 그 무엇이다. 그대들은 자신을 극복하기 위해 무엇을
> 했는가?"

인간을 사랑하는 차라투스트라는 산에서 내려와 군중에게
가르침을 전합니다. 일단 신의 죽음부터 이야기합니다. 신의 죽
음은 초인의 탄생과 자연스럽게 짝이 되겠지요. 그런데 신이 죽
었다는 소식을 아무도 모릅니다. 차라투스트라는 일단 놀랍니
다. 그러고 나서 인간과 초인 사이에 차이가 있다고 말하며 이
를 여러 가지로 변주해서 표현합니다.

> "인간은 짐승과 초인 사이에 놓인 밧줄이다."

초인과 짐승이 있습니다. 그리고 그 둘을 이어주는 밧줄이
자 다리인 존재가 인간입니다. 중세에는 신이 있었습니다. 인간
은 천사와 짐승 사이의 중간적 존재라고 규정했었지요. 신의 죽
음을 선언한 차라투스트라에게 신의 자리는 초인의 자리가 됩
니다. 초인은 가치를 창조하는 자입니다. 가치 창조는 가치 재평
가이기도 합니다. 그렇지만 초인은 신처럼 무에서 유를 창조하
지 않습니다. 초인이 말하는 모든 것은 이미 존재합니다. 그렇기
때문에 각각 값이 매겨져 있고 의미가 부여되어 있습니다. 초인

식의 창조는 모두 재평가하는 것, 자신이 가격표를 다시 붙이는 겁니다. 그렇게 세계를 다시 창조해냅니다.

가치 재평가는 니체가 스스로 시범을 보입니다. 『도덕의 계보』에서 재평가는 뒤집는 것, 가치 전도라고 말합니다. 이 책에서는 기독교적 가치를 뒤집어엎습니다. 기독교에서 선과 악은 대표적인 가치 구분입니다. 니체는 이를 뒤집습니다. 계보학은 거슬러 올라가는 것이지요. '선'을 거슬러 올라가니 '나쁨'이 있어요. '악'의 개념을 거슬러 올라가니 '좋음'이 있습니다. 주어진 가치가 없는 것입니다. 인생에 규범이 있어서 그대로 사는 게 아닙니다. 초인은 자신이 삶을 창조합니다. 주인으로서의 삶. 자신이 결정권자인 주체적인 삶입니다. '나'에게만큼은 스스로가 신적인 존재인 겁니다.

신이 없다고 하면 한쪽에서는 탄식하겠죠. '어떻게 살라는 말인가. 아침에 눈을 뜨긴 했는데 이제 무엇을 해야 한단 말인가.' 서구 역사만 보더라도 절대자로서 신이 있었고 인간은 예속된 존재였습니다. 인간의 자기 발견은 르네상스나 계몽주의 시대부터 조금씩 가능해집니다. 개인성에 대한 자각이 조금씩 확장되었고 그 극점이 니체 철학입니다.

신의 죽음을 허무주의라고 합니다. 배후가 없는 겁니다. '너는 뭘 믿고 인생을 살아?' 이런 질문이 나오겠지요. 허무주의는 수동적 허무주의와 능동적 허무주의, 둘로 나눕니다. 단적으로 말하면 수동적 허무주의는 허무주의에 대해서 거부감을 갖는 허무주의입니다. 신이 존재하지 않아서 절망스럽고 슬픈 것, 수동적 허무주의입니다. 엄마 아빠가 집을 비우면 아이들은 수동적 또는 능동적 태도를 보입니다. 엄마 아빠가 안 계신데 어떻게 해요? 하는 아이들이 있고, 전화 끊자마자 만세 부르는 아이들도 있습니다. 능동적 허무주의자로서 소질이 있는 아이들입니다. 집 안을 재배치하고 재평가하며 난장판을 만들지요. 이들이 바로 니체가 권장하는 허무주의자입니다.

능동적 허무주의자는 자신이 창조하고 명령하며 기쁨을 느낍니다. 그래서 니체 철학은 예술가들과 잘 맞습니다. 예술가는 자신이 결정하고 창조하는 사람입니다. 알아주지 않아도 하고 싶은 것을 합니다. 더 나아가 자신의 인생을 완벽한 예술 작품으로 만듭니다. 니체는 그렇게 살기를 원하며 초인에 대한 레슨을 합니다. 그런데 『차라투스트라는 이렇게 말했다』를 보면 가르침을 제대로 전수받은 제자는 한 명도 없습니다. 그래서 차라투스트라는 산에서 내려왔다가 다시 올라갑니다. 그리고 가르쳐준 것을 교정하기 위해 몇 번이나 반복해서 내려옵니다.

지난한 과정입니다. 니체의 말처럼 '제대로 이해되려면 100년은 있어야 된다'가 됩니다. 이제 100년이 지났습니다. 니체의 생각이 얼마나 수용되었는지 재평가해야 할 때입니다.

건너가는 존재

초인과 관련된 유명한 대목을 살펴보겠습니다.

인간의 위대함은 그가 다리일 뿐 목적이 아니라는 데 있다. 인간이 사랑스러울 수 있는 것은 그가 건너가는 존재이며 몰락하는 존재라는 데 있다.

'건너가는 존재'에는 넘어간다, 몰락한다의 의미가 다 있습니다. 독일어로는 '운터강Untergang'입니다. 이행하다 그다음 몰락하다, 즉 인간은 넘어가면서 몰락하는 겁니다. 뱀 허물처럼 인간은 과정인 것이고, 그 자체로 의의를 갖지 않습니다. 물론 인간이라는 다리가 있어야지 초인으로 갈 수 있습니다. 인간을 무시하는 것이 아닙니다. 다른 길은 없습니다. 짐승에서 인간으로, 초인으로 갈 때 지름길은 없는 듯합니다. 니체는 인간만이 초인으로 갈 수 있는 다리, 교량이라고 하지요. 그리고 말인이 등장하면서 바로 대비됩니다. 초인을 가르치다 모여 있는 군중을 보니 견적이 안 나옵니다. 이 말인들! 말인에서 초인으로 건너가려면 아주 오래 걸릴 것 같아요. 만만치가 않습니다.

차라투스트라의 여러 상징 동물 중에는 독수리와 뱀이 있습니다. 뱀은 지혜를 가진 인식계 동물을 상징하지요. 독수리도 마찬가지입니다. 차라투스트라가 초인에 대해 레슨을 하며 하늘을 보니 정오의 태양이 빛나고, 새가 울부짖는 소리가 들립니다. 살펴보니 독수리가 원을 그리고 뱀이 독수리의 목을 감고 매달려 있어요. 보통 뱀과 독수리는 사이가 안 좋습니다. 그런데 여기에서 뱀이 독수리 목에 매달려 있는 것은 먹이가 아닌 여자 친구로서입니다. 상징이지요.

초인은 어떤 인간인가? 독수리와 뱀이 같이 있는 것. 뱀이 무척 중요한데, 인식을 뜻하기도 하지만 영원회귀의 상징이기도 합니다. 그리고 초인의 상징인 독수리는 새들의 왕이자 주권적 존재입니다. 책의 뒷부분으로 가면 차라투스트라의 꿈에도 나오는데 독수리와 뱀이 결합됩니다. 그런데 이 둘은 원래 충돌하지요. 『차라투스트라는 이렇게 말했다』에서는 독수리와 뱀이 하나가 될 수 있는 가능성을 모색해나갑니다.

> "신들은 존재하지만 유일신은 존재하지 않는 것, 바로 이것이야말로 신성함이 아닌가?"

신이 복수로 존재한다는 다신교적인 언급입니다. 재미있는 것은 신이 죽은 이유지요. 왜? 깔깔거리고 웃다가 죽었어요. 왜 웃었을까요?

어느 날 수염을 단 늙은 분노의 신이 가장 극단적으로 신을 부정하는 말을 내뱉습니다. "신은 하나뿐이다! 나 이외의 다른 신을 섬기지 마라!"(많이 들어본 말이지요?) 그랬더니 다른 신들이 어이없어 하며 깔깔거리면서 웃다가 다 죽었습니다. 신의 죽음에 대한 니체식 우화입니다. 이와 관련해서 들뢰즈의 초기 저작 『니체와 철학』1962은 중요한 의미를 갖습니다. 초반부에 단적으로 '니체의 가장 일반적인 계획은 철학의 의미와 가치의 개념을 도입하는 데 있다'고 정리합니다. 들뢰즈가 강조하는 니체 철학의 본질은 복수주의pluralism입니다. 그에 따르면 니체는 '위대한 사건들'이 아니라 때로는 이렇고, 때로는 저렇다는 사건의 복수적 의미를 믿었습니다.

니체와 달리 칸트는 단수로서의 인간만 이야기합니다. 인간은 무엇을 알 수 있는가? 원하는가? 욕망하는가? 이러한 칸트의 질문 속 '인간'은 보편적 인간입니다. 더 나누지 않습니다. 니체는 이것이 이치에 맞지 않다고 생각합니다. 니체에게 모두 동등한 인간, 유적 존재로서의 인간은 난센스입니다. 인간은 존재의 양태에 따라 구분됩니다. 고급하고 고상한 존재가 있는 반면, 저급하고 비천한 인간이 있습니다. 니체는 항상 둘로 쪼갭니다. 망치를 들고 쪼개는 것이 니체의 철학이 가진 이미지입니다. 니체의 허무주의는 대단히 파괴적인 역할을 할 수 있습니다.

영원히 반복되어도 좋은가

니체는 초인과 말인을 언급한 다음, 세 가지 변화에 대한 차라투스트라의 가르침을 시작합니다. 낙타였다가 사자였다가 아이가 되는 정신의 변화입니다. 낙타는 무거운 짐을 지고 있습니다. 낙타는 인내심이 많습니다. 낙타를 주도하는 것은 의무감, '너는 해야 한다'입니다. 사자의 정신은 '나는 원한다'이며 창조의 정신이기도 합니다. 차라투스트라의 주문은 사자 쪽으로 가야 한다는 겁니다. 낙타는 체념의 짐승이지만 사자는 새로운 가치를 창조하려고 합니다. 그리고 창조를 위한 자유까지 획득하고자 합니다.

그런데 왜 더 나아가서 어린아이가 되어야 하는가? 사자도 하지 못하는 것이 있습니다.

> 아이는 순진무구함이며 망각이고, 새로운 출발, 놀이, 스스로 도는 수레바퀴, 최초의 움직임이며 성스러운 긍정이 아닌가. 창조라는 유희를 위해서는, 형제들이여, 성스러운 긍정이 필요하다.

차라투스트라가 말하는 '성스러운 긍정'이 바로 어린아이의 정신입니다. 이러한 가르침을 준 뒤부터는 비판하기 시작합니다. 제목이 '덕을 가르치는 강의에 대하여'라면 기존의 덕을 지적하는 겁니다. '세계 너머의 세계를 믿는 자들에 대하여'라고 하면 피안에 대한 믿음, 형이상학적 믿음을 가진 자들에 대한 비판입니다. 즉 니체식 형이상학 비판이죠. 망치로 형이상학을 다 쪼갭니다.

니체 철학을 다르게 말하면 '이게 다예요' 철학입니다. 저 너머에 다른 것은 없고 여기 있는 것이 전부입니다. 제한적인 현실에서 삶의 절대적인 긍정, 어린아이다운 긍정을 말하지요.

3부에 나오는 '환영과 수수께끼에 대하여'라는 장을 살펴보겠습니다. 드라마적인 작품으로 읽을 때 이런 대목이 흥미롭습니다. 무서운 여주인으로 인격화된 '가장 고요한 시간'이 차라투스트라에게 와서 속삭입니다.

"차라투스트라여, 그대는 그것을 알고 있는가? (…) 그대는 그것을 알고 있다, 차라투스트라여. 하지만 그대는 그것을 말하지 않는다!"

차라투스트라는 제자들에게 레슨을 하다가 갑자기 말을 멈추며 놀랍니다. 혼자 생각이 어딘가에 미친 것입니다. 무언가를 알지만 입을 다물고 있습니다. 생각을 공유하지 않습니다. 한 대 얻어맞은 듯한 표정을 지어요. 그러자 꼽추가 호기심 어린 눈으로 그를 보며 "차라투스트라여, 왜 우리들에게는 자기 제자들에게 하는 말과는 다른 말을 하는가?"라고 물으니, 차라투스트라가 둘러댑니다. "이상할 게 무언가! 꼽추에게는 꼽추에게 어울리는 말로 하는 것이다!"라고 대꾸한 뒤 혼자 있는 시간을 갖습니다. 그러고 나서 자기 안의 목소리를 듣습니다.

"아, 차라투스트라여, 그대의 과일은 익었으나 그대는 그대의 과일에 어울릴 만큼 익지 못했구나!
그러므로 그대는 다시 고독 속으로 돌아가야 한다. 앞으로 더 무르익어야 한다."

새로운 깨달음을 갖게 되었지만 아직 수용할 준비가 안 되어 있습니다. 그래서 입 밖에 내지 못합니다. 바로 이 새로운 앎이 영원회귀입니다. 2부 끝에서 예고하고 3부에서 나옵니다. 먼저 비유적으로 표현합니다. '중력의 영'인 난쟁이가 등장해서 "모든 진리는 굽어 있으며, 시간 자체도 하나의 둥근 고리다"하고 말합니다. 차츰차츰 영원회귀 사상에 근접합니다. 생각과 이미지가 등장하고, 초점이 흐릿해졌다가 점점 분명해집니다. 그러고 나서 영원회귀에 도달하지요.

차라투스트라는 환영에 대해서 이야기합니다. 달밤에 험준한 절벽 사이를 걷다가 개가 짖는 소리를 듣습니다. 가까이 가보니 양치기가 쓰러져 누워 있습니다. 주인이 고통 받고 있어서 양치기의 개가 짖는 것이었죠. 왜 괴로워하는지 봤더니 입속에 뱀한 마리가 들어 있습니다. 검은 뱀을 입에 물고 삼키지도 못하고 뱉지도 못해서 끙끙거리는 것이었습니다.

이 뱀의 이미지가 영원회귀입니다. 그리고 양치기라고는 하지만 차라투스트라의 분신이지요. 뒷부분에서 차라투스트라가 회복기에 자신이 뱀을 입에 물었다가 뱉느라고 고생했다는 이야기를 합니다. 환영의 모습 그대로입니다.

"대가리를 물어라! 물어뜯어라!"

자기 안의 목소리가 소리칩니다. 마침 양치기가 뱀 대가리를 덥석 물고 저 멀리 뱉어버립니다. 그러고 나서 벌떡 일어나 웃습니다.

"이제 양치기도 아니고 인간도 아닌, 변화한 자, 빛에 둘러싸인 자로서 그가 웃고 있었다!"

양치기도 아니고 인간도 아니면 무엇인가요? 초인입니다. 제 의적이지요. 영원회귀라는 관념과의 대결에서 승리해야 합니다. 물어뜯어 이겨내야 초인이 됩니다. 영원회귀는 관문이자 초인 테스트입니다. '너는 영원회귀를 받아들이는가?' 긍정한다면 초 인이 될 수 있습니다. 이는 환영이자 꿈이니 해석이 필요합니다. 3부 후반부인 '치유되고 있는 자'라는 장에서 해몽이 나옵니다. 영원회귀를 더없이 깊은 심연의 사상이라고 불러요.

영원회귀는 니체가 스위스 실스마리아에서 요양 중이었을 때 바위산을 산책하다가 우연히 깨닫게 되었다고 합니다. 영원회귀 사상에 대해서는 니체 전공자 사이에서도 논란이 많습니다. 세 가지 입장이 있는데, 그중 해프닝이기 때문에 진지하게 생각하 면 안 된다는 해석도 있어요. 니체는 이맘때 정신발작을 일으켰 다고 알려져 있습니다. 제정신이 아닌 상태에서 말한 것을 진지 하게 생각하면 안 된다는 겁니다.

다른 하나는 모든 시간이 그대로 다시 반복된다는 영원회귀 를 액면 그대로 진지하게 받아들이는 입장입니다. 원리는 단순 합니다. 이 세계를 구성하는 물질들은 유한하고 시간은 무한하 다. 그렇다면 유한한 물질의 조합이 무한한 시간 속에 펼쳐질 때 어디선가는 반복될 수밖에 없다는 것입니다. 원리 자체가 틀린 생각입니다. 조합 가능성이 무한대이기 때문입니다. 빅뱅 이후의 시간을 전부 따져 138억 년 동안에도 다 펼쳐지지 않습니다. 하 지만 니체는 단순한 산술로 물질은 유한하지만 시간은 무한하 니까 언젠가는 반복될 수밖에 없다, 이렇게 생각했습니다.

그리고 이는 초인에 대한 도전입니다. 영원히 반복된다는 것은 자신의 의지가 아닌 결정론적 세계입니다. 초인이 가진 절대적인 자유와 선택의 의지를 제약합니다. 그래서 영원회귀는 초인과 충돌하고 양립할 수가 없습니다. 2부에서도 마찬가지입니다. 어떤 생각을 떠올렸는데 입 밖에 내어 말할 수가 없습니다. 초인에 대해서 가르쳤으니 영원회귀를 가르칠 수가 없습니다. 그래서 끙끙대는 겁니다. 앓아누운 뒤 회복하면서 해법을 찾게 되지요.

차라투스트라는 일주일 동안 영원회귀 사상 때문에 앓아눕습니다. 마치 젊은 양치기가 입안의 뱀 때문에 공포감에 질려 쓰러졌던 것처럼. 일주일 뒤 기운을 차린 차라투스트라는 뱀의 머리를 물었다가 뱉어버렸다고 말합니다. 모든 동물이 근심스레 쳐다봅니다. 그 동물들에게 '회복되었으며 이런 일을 겪었다'고 보고합니다. 그러니까 동물들이 잘했다 차라투스트라, 칭찬하며 격려합니다.

> "보라, 그대는 영원회귀의 교사다. 이것이 이제 그대의 운명이다! 그대가 처음으로 이 가르침을 베풀어야 한다는 것. 이 커다란 운명이야말로 바로 그대의 최대의 위험이자 병이 아닐 수 있겠는가!"

병을 극복하고 도전에 맞선 자로서 차라투스트라는 초인입니다. 이 단계를 지난 다음에 레슨을 합니다. 니체는 이 책이 다섯 번째 복음서가 될 거라고 했습니다. 실제로 그리스도의 복음이 구원이라면 차라투스트라의 복음은 초인이 되라는 겁니다. 그렇다면 그리스도의 십자가에 견줄 수 있는 것이 차라투스트라에게는 영원회귀가 아닐까 합니다. 그리스도의 십자가가 구원에 이르는 문이라면 영원회귀에 대한 긍정은 초인으로 넘어가기 위한 문턱입니다. 전제는 초인과 영원회귀가 핵심 사상인데 모순된다는 것, 이를 어떻게 극복할 것인가입니다. 영원회귀, 결정론적 세계에서는 자유가 불가능합니다. 그런데 차라투스트라는 '내가 원한다'고 이야기합니다. 의지를 거슬러서 반복된다면 자신은 예속되어 있는 것입니다. 그런데 반복되기를 원하면 의지와 양립할 수 있지요. 그렇게 모순이 해소됩니다.

과거에 대해서도 마찬가지입니다. 지나간 과거를 어떻게 할 것인가? 손쓸 수 없지요. 그렇지만 해법은 '내가 원했어'라고 하는 것입니다. 아모르파티amor fati, 운명에 대한 사랑입니다. 니체 철학의 핵심 주제 중 하나는 '너 자신의 운명을 사랑하라'입니다. 그렇지만 이 운명애를 맥락 없이 살펴보면 단순하게 이해됩니다. 하지만 운명애는 운명에 대한 순응과는 관계가 없습니다. 우리는 '운명'이라고 하면 체념을 떠올립니다. 하지만 니체에게 '운명애'는 초인의 행위이자 극도로 주권적인 행동입니다. 운명을 사랑하는 것은 노예가 아닌 주인만이 할 수 있습니다.

이것이 초인과 영원회귀의 관계이자 니체의 최종적인 철학입니다. 핵심 아이디어는 운명애까지 가는 것, 그렇게 되면 삶이 축제가 아닐 수 없어요. 그것이 니체의 메시지입니다.

예술 작품이 된
삶

니코스 카잔차키스 Nikos Kazantzakis 1883~1957

『오디세이아』(1838)

『러시아 기행』(1929)

『붓다』(1943)

『그리스인 조르바』(1946)

『최후의 유혹』(1951)

『미할리스 대장』(1953)

『영혼의 자서전』(1956)

Nikos Kazantzakis

조르바는
이렇게 말했다

"인생의 신비를 사는 사람들에겐 시간이 없고, 시간이 있는 사람들은 살 줄을 몰라요. 내 말 무슨 뜻인지 아시겠어요?"

니코스 카잔차키스는 국내에 전집까지 나와 있는 드문 작가입니다. 『그리스인 조르바』 외에 『최후의 유혹』 『미할리스 대장』 『오디세이아』 등이 카잔차키스가 꼽은 대표작이고, 『영혼의 자서전』은 카잔차키스를 이해하는 데 중요한 책입니다. 그는 복잡다단하고 파란만장한 삶을 살았습니다. 1883년 크레타에서 태어나 1957년에 세상을 떠나는데 20세기 전반은 격변기였지요. 카잔차키스 역시 두 번의 세계대전을 겪으며 시대를 관통하는 경험을 합니다.

카잔차키스의 스승

카잔차키스는 영혼에 깊은 자취를 남긴 스승을 몇 사람 듭니다. 조르바, 베르그송, 니체, 붓다, 단테, 호메로스 등을 언급합니다. 이 중 직접 만난 인물은 베르그송과 조르바입니다. 『그리스인 조르바』의 화자는 카잔차키스 자신이기도 하며 30대 중반인 1917년의 경험담을 바탕으로 창조되었습니다.

카잔차키스는 20대 중반에 프랑스에 가서 베르그송의 강의를 듣는 동시에 니체를 읽습니다. 낮에는 베르그송 강의를 들고, 밤에는 니체를 읽으며 균형을 맞춘 겁니다. 베르그송과 니체는 다른 이미지의 철학자입니다. 베르그송은 철학 교수였고, 광기와는 무관한 전형적인 지성의 소유자입니다. 이와 달리 니체는 합리적 이성의 반대 극점에 있는 철학자의 이미지를 가지고 있습니다. 그럼에도 공통적으로 플라톤에서 시작해 칸트, 헤겔로 이어지는 주류 철학의 대척점에 있습니다.

카잔차키스는 베르그송의 강의를 아주 열중해서, 경탄하며 들었습니다. 하지만 채우지 못한 갈증이 있었기에 밤에는 니체를 읽곤 했습니다. 그는 32세에 쓴 일기에서 '나의 위대한 스승 세 명은 호메로스, 단테, 베르그송'이라고 적습니다.

베르그송은 '직관의 철학자'로도 알려져 있어요. 직관은 분석의 상대 개념입니다. 분석이란 전체를 분할해서 이해하는 겁니다. 분석적 인식은 소화작용과 비슷합니다. 음식을 잘게 잘라 삼키면 소화기관에서 흡수합니다. 이것이 분석적 이해입니다. 즉 구성단위로 잘게 나눈 다음 그 사이의 관계를 찾아냅니다.

이와 달리 직관은 통째로 이해하는 것입니다. 이성과 달리 직관은 미덥지 않다고 폄하되었는데 베르그송은 직관을 복권시킵니다. 이것이 베르그송의 첫 번째 작업입니다. 단적인 사례로 '시간'을 듭니다. 그의 첫 책은 『지각에 직접적으로 주어지는 것에 관한 시론』[1889]입니다. 제목만 봐도 일반 독자들을 위한 책은 아닙니다. 영어로는 '시간과 자유의지'라고 번역되었고 베르그송의 유명한 시간론이 나옵니다. 우리는 시간을 분석적으로 이해하기 위해 분할하고 공간화합니다. 시계를 보면 1분은 60초로 되

너의 운명으로 달아나라

어 있고 초침이 한 바퀴 돕니다. 1분이라는 시간이 초침이 도는 한 바퀴로 공간화되지요. 시간에 대한 표상입니다. 디지털도 마찬가지입니다. 숫자로 표시되니 크기를 가진 것으로, 면적을 가진 것으로 생각하게 됩니다. 시간은 보이지 않지만 우리는 이런 방식으로 이해합니다.

그런데 함정이 있습니다. 제논의 역설을 들 수 있어요. 아킬레우스와 거북이가 경주를 합니다. 거북이가 불리한 조건이니 먼저 출발합니다. 거북이가 100미터 앞에 있고 아킬레우스는 뒤따라갑니다. 아킬레우스가 거북이를 따라잡기 위해서는 중간 50미터 지점을 통과해야 합니다. 50미터를 통과한 다음에는 그 사이 중간 지점을 통과해야 합니다. 그 뒤에 다시 중간 지점을 통과해야 하지요. 세분하다 보면 아킬레우스는 결국 거북이를 따라잡을 수 없습니다.

왜 이런 역설이 벌어지는가? 시간을 공간화했기 때문입니다. 시간은 순수한 질이기 때문에 양화될 수 없습니다. 그렇지만 우리는 양화하고 공간화해서 이해합니다. 편의에 따른 것이지만 시간의 본질적인 속성을 왜곡했다는 비판이 있습니다. 분석적으로 파악한 것이 사물의 본질, 진리를 알려주는가에 대해 의문을 가질 수 있습니다. 시간을 이해하는 데 제약이 있다는 것입니다. 따라서 베르그송은 이러한 시간 대신 '지속'이라는 용어를 씁니다. 통상적으로 이야기하는 양화된 시간 개념과 순수 지속으로서의 시간을 구분합니다.

살기와 쓰기

삶을 이해한다, 분석한다고 할 때는 삶과 거리를 두게 됩니다. 그래야지 분석이 가능합니다. 삶에 대해서 성찰할 때도 마찬가지입니다. 대상화하는 것이지요. 그런데 과연 우리는 삶에 대해 거리 두기가 가능할까요? 조르바는 생각이 다릅니다.

> "때로는 전쟁, 때로는 계집, 때로는 술, 때로는 산투르를 살아버렸습니다. 그러니 내게 펜대 운전할 시간이 어디 있었겠어요? 그러니 이런 일들이 펜대 운전사들에게 떨어진 거지요. 인생의 신비를 사는 사람들에겐 시간이 없고, 시간이 있는 사람들은 살 줄을 몰라요. 내 말 무슨 뜻인지 아시겠어요?"

조르바에게 '쓴다'와 '산다'는 양립하기 어렵습니다. 쓸 시간에 살아야 하기 때문입니다. 화자인 '나'와 다릅니다. 삶에 대해서 '쓴다'는 것은 쓰는 동안에 안 사는 것입니다. 삶을 정지시키고 유예합니다. 잠시 삶의 바깥으로 나가는 겁니다. 거리를 확보해야 쓸 수 있는데 조르바는 사는 데 너무 몰입하다 보니 따로 쓸 시간이 없습니다.

이것이 조르바가 가진 문제의식입니다. 사람들은 시간을 의식할 수 없습니다. 시간을 공간 속에 표시해야만 '시간이 어떤 거구나' 하는 감을 가질 수 있습니다. '시간이란 무엇인가'라는 질문을 던질 때 우리는 시간 속에 있지 않습니다. 시간 밖으로

너의 운명으로 달아나라

잠깐 빠져나와야 합니다. 삶에 대해서 성찰할 때 우리는 삶 속에 있지 않습니다. 삶에서 잠깐 빠져나와야 합니다.

베르그송의 철학은 조르바의 생각과 연결됩니다. 베르그송은 왜 카잔차키스를 경탄하게 만들었을까? 바로 이런 차원을 발견했기 때문입니다. 이는 전통적인 철학에서는 이야기하지 않습니다. 니체는 소크라테스, 플라톤을 싫어했습니다. 소크라테스는 '삶은 질병이다', '성찰하지 않는 삶은 살 가치가 없다'고 말했지요. 삶에 대한 경멸은 소크라테스 이래로 철학자들이 가진 기본 태도입니다. 삶에 대해서 성찰하기 위해서는 거리를 두어야 합니다. 소크라테스주의는 삶과 성찰을 분리시킵니다. 그렇다면 성찰하는 사람은 조르바의 표현에 따르면 제대로 살지 못합니다. 제대로 사는 동안에는 성찰할 수 없지요. 이것이 조르바주의입니다.

한편 니체의 핵심 사상, 초인과 영원회귀와 관련된 대목을 살펴보겠습니다.

법이 명하는 대로 자진해서 행하라고 제자들에게 가르친 현자가 누구였던가? 필연에 순응하고 필연적인 것들은 자유의지의 행위로 바꾸어 놓으라고 한 사람은?

조르바의 말은 구구절절 옳았다. 어릴 때부터 나는 초인에 관한 야망과 충동에 사로잡혀 이 세상일에 만족하지 못했다. 차츰 나이를 먹으면서 조용해졌다. 나는 한계를 정하고 가능한 것과 불가능한 것, 인간적인 것과 신적인 것을 가르고 내 연嚴을 놓치지 않으려고 꼭 붙잡았다.

니체가 갈등을 해소하는 방식이 '운명애'라고 했습니다. '영원회귀'는 필연입니다. 필연을 의지의 행위로 바꿔놓는 것이 운명에 대한 사랑이지요. 운명에 순응하거나 체념하면 운명에 예속되는 겁니다. 니체가 말하는 운명은 주권적인 존재인 초인의 의지입니다. 이 의지는 운명과 충돌하지 않습니다. 영원히 같은 것이 돌아오지만 이를 내가 원한다는 것. 『차라투스트라는 이렇게 말했다』에서는 악마의 속삭임으로도 나옵니다. '너의 이번 생이 그대로 반복되어도 좋은가?' '그렇다. 한 번 더.'

지겹고 보기도 싫었는데 '앙코르'를 외치라니. 지금까지의 생이 다시 반복되어도 좋겠어? 대개 기겁할 겁니다. 그런데 기꺼이 그것을 긍정하는 바가 운명에 대한 사랑입니다. 이 긍정에서 초인과 영원회귀의 충돌이 해소됩니다. 작품 속 조르바는 실제 모델이 있지만 동시에 변형된 차라투스트라입니다.

화자 '나'는 조르바의 '두목'이지만 제자이기도 합니다. '나'가 조르바에게 일을 시키지만 작품에서는 거꾸로 조르바가 레슨을 할 때도 있습니다. 그래서 다른 제목을 붙인다면 '조르바는 이렇게 말했다'가 되겠지요.

조르바에게 '쓴다'와 '산다'는 양립하지 않습니다. 이 사이를 중재하고자 한 사람이 카잔차키스입니다. 소크라테스가 성찰하지 않는 삶은 살 가치가 없다고 했을 때, 여기서의 '삶'은 성찰의

재료일 뿐입니다. 하지만 카잔차키스는 삶 자체가 의미 있다고 생각합니다. 그것을 글로 쓰려고 하지요. 불가능한 일에 도전했다고도 말할 수 있습니다. '나'는 '펜대 운전사'이자 먹물, 책벌레입니다. 카잔차키스는 책벌레지만 조르바적 책벌레입니다. 조르바의 제자이기 때문에 여느 책벌레와는 수준이 다릅니다. 언뜻보면 조르바 편 같습니다. 하지만 조르바가 볼 때는 여전히 책벌레지요. 그것이 작품에서 '나'이고 카잔차키스입니다.

'나'에게는 그리스 독립운동을 하는 친구 스타브리다키가 있습니다. 조국을 위해 정치적 대의에 헌신하는 인물입니다. 이 또한 삶의 한 방식이지요. 여기서도 한발 물러선 것이 '나'입니다. 작품으로 조금 더 들어가면 조르바와 스타브리다키 사이에 '나'가 있습니다. 조국, 정신, 붓다 등의 가치가 있고, 가치의 유혹이 있습니다. '나'는 유혹들에 헌신할지 갈등합니다. 그러던 중 조르바를 만났고 그는 다른 선택지를 제시합니다. 보통 '나'와 조르바만 염두에 두는데 다른 한쪽에 스타브리다키가 있고, 조르바와 스타브리다키가 양쪽에서 잡아당기는 사이에서 균형을 찾아가는 것. 이것이 '나'의 모습이자 이 작품의 결말입니다. 따라서 '나'의 성장 과정을 그린 작품으로도 읽을 수 있습니다.

카잔차키스는 아버지의 불과 어머니의 흙을 동시에 이어받았다고 말합니다. 카잔차키스뿐 아니라 많은 작가가 어머니와 아버지의 상반된 기질이나 배경의 모순을 이어받고 중재하려는 운명을 타고나는 듯합니다.

또한 살펴볼 것은 정치적 상황입니다. 크레타는 외부의 침략을 자주 받았습니다. 그의 조국은 고난의 역사를 가졌고 그래서 자유에 대한 갈망을 일찍부터 갖게 되었지요. '나는 아무것도 바라지 않는다. 나는 아무것도 두려워하지 않는다. 나는 자유다.' 카잔차키스의 인상적인 묘비명입니다.

두 대립 사이에서, 모순과 충돌 사이에서 언제나 고투했던 작가가 카잔차키스입니다. '운동'은 간극이 있어야 가능하며 간극의 불일치가 전제되어야 시작됩니다. 이 자유의 투사가 그려낸 『그리스인 조르바』는 카잔차키스의 모순적 열정이 만개한 작품입니다. 쓰는 것과 산다는 것 사이의 모순, 삶을 산다는 것과 성찰한다는 것 사이의 모순, 사랑한다는 것과 사랑에 대해서 생각한다는 것 사이의 모순, 이런 겁니다.

> "내게 중요한 것은 오늘, 이 순간에 일어나는 일입니다. 나는 자신에게 묻지요. '조르바 지금 이 순간에 자네 뭐 하는가?' '잠자고 있네.' '그럼 잘 자게.' '조르바 이 순간에 뭐 하는가?' '일하고 있네.' '잘해보게.'"

순간에 충실한 삶입니다. 완전히 몰입한 삶, 그래야 영원회귀를 긍정할 수 있습니다. 시간을 놓친 다음에 반복하게 해달라는 건 가능하지 않습니다. 매 순간 충실했을 때에야 반복해도 괜찮지요. 과거만이 아니라 앞으로의 시간을 살펴야 합니다. 이후의 시간이 영원히 반복되어도 좋겠는가? 그렇다고 답하려면 어떻게 살아야 하는지 암시를 줍니다. 조르바의 해답은 순간에 충실한 삶인 것입니다.

카잔차키스는 니체를 읽었던 순간을 이렇게 묘사합니다. '그는 나를 완전한 공포로 몰아넣었다. 나를 도취하게 했고 두려움과 열망을 느끼며 그의 작품을 탐닉했다. 그는 삶의 어두운 심연을 들여다보았고, 그 심연과 싸웠다.'

자유와 자기 내면의 모순, 양면성을 생각하게 합니다. 자기 안의 또 다른 나, '나'의 조르바 되기. 성공하지는 못하지만 거리는 좁혀갑니다. 두 세계를 같이 다루는 것이 『그리스인 조르바』입니다.

언어를 춤으로 표현할 수 있다면

『그리스인 조르바』에서 춤은 중요한 의미가 있습니다. 춤과 짝이 되는 것은 말, 언어입니다. 조르바가 춤추기 시작하는 장면을 묘사하는 대목이 있습니다.

> "나라는 놈은 원래가 이렇게 생겨 먹었어요. 내 속에서 소리치는 악마가 한 마리 있어서 나는 그놈이 시키는 대로 합니다. 감정이 목구멍까지 올라올 때면 이놈이 소리칩니다. '춤춰!' 그러면 나는 춤을 춥니다. 그러면 숨통이 좀 뚫리지요. (…) 나는 내 불행을 춤으로 추었습니다. 내 편력을 말입니다. 내가 몇 번 결혼한 사람인지, 내가 한 짓, 감옥에 들어간 사연, 탈출한 이

야기, 러시아로 굴러들어 온 경위 등등……."

니체가 말한 영원회귀의 신, 디오니소스의 현신, 이는 조르바의 특징입니다. 말이 안 통하기 때문에 춤으로 표현한다는 이야기를 듣고 화자는 충격을 받습니다.

> 내 인생은 한갓 낭비에 지나지 않는다. 걸레를 찾아 내가 배운 것, 내가 보고 들은 것을 깡그리 지우고 조르바라는 학교에 들어가 저 위대한 진짜 알파벳을 배울 수가 있다면…….

조르바는 학교입니다. 조르바는 춤 선생이고, 그에게 위대한 알파벳을 다시 배워야 합니다. '나'는 조르바와는 다른 방식으로 말과 글을 배웠고 삶을 인식하고 기술해왔습니다. 좋아했던 작가로 말라르메를 드는데 그는 순수시의 대명사, 전형적인 책상물림의 시인입니다. 말라르메는 이 세계가 거대한 한 권의 책이라고 하며 세상 경험을 책으로 다 빨아들인 사람이지요.

말라르메적 극단이 있다면 정반대에 조르바가 있습니다. '나'는 말라르메에서 조르바의 제자로 전학 갑니다. 조르바의 삶에 견주니 '나'의 삶은 아무것도 아닌 것으로 느껴집니다. 그래서 조르바에게 무엇을 배우느냐? 오관과 육신을 제대로 훈련해 인생을 즐기고 이해하겠다고 합니다.

내 정신을 육신으로 채워야겠다, 내 육신을 정신으로 채워야겠다, 그렇다면 내부에 도사린 영원한 적대자인 육체와 정신을 화해시켜야 한다, 이는 많은 작가의 공통 화두입니다. 헤르만 헤세도, 톨스토이도 그렇습니다. 이 작품에서 카잔차키스는 나름의 해법을 보여줍니다. 톨스토이나 헤세는 갈등이나 충돌을 중재하지 않고 하나를 배제함으로써 해소합니다. 대개는 정신주의로 갑니다. 유독 카잔차키스만 다른 답변을 가지고 있는데 그는 육체를 포기하지 않습니다.

> 침대 위에 우두커니 앉은 채 깡그리 낭비하고 만 내 인생을 생각했다. 열린 문을 통해, 나는 별빛으로 조르바의 모습을 볼 수 있었다. 그는 밤새처럼 바위 위에 쪼그리고 앉아 있었다. 그가 부러웠다. 진리를 발견한 사람은 조르바라고 나는 생각했다. 그는 제대로 살아가고 있는 것이었다.

사실 이 부분이 소설의 출발점입니다. 조르바를 만나 인연이 시작되었고 조르바의 가치를 발견해 그 학교의 제자가 되어야겠다, 조르바에게 배워야겠다고 '나'가 결심한 부분입니다. 특히 중요한 것은 춤입니다. 작품 마지막에서는 조르바는 '나'와 같이 춤을 추어줍니다.

> "조르바, 내 말이 틀릴지도 모르지만, 나는 세 부류의 사람이 있다고 생각해요. 소위 살고 먹고 마시고 사랑하고 명성을 얻는 걸 자기 생의 목표라고 하는 사람이 있어요. 또 한 부류는 자기 삶을 사는 게 아니라 인류의 삶이라는 것에 관심

이 있어서 그걸 목표로 삼는 사람들이지요. 이 사람들은 인간은 결국 하나라고 생각하고 인간을 가르치려 하고, 사랑과 선행을 독려하지요. 마지막 부류는 전 우주의 삶을 목표로 하는 사람입니다. 사람이나 짐승이나 나무나 별이나 모두 한 목숨인데, 단지 아주 지독한 싸움에 휘말려들었을 뿐이다, 이렇게 생각하는 사람들요. 글쎄, 무슨 싸움일까요? ……물질을 정신으로 바꾸는 싸움이지요."

앞서 조르바가 음식을 어디에 쓰는가에 따라서 나눈 세 부류의 사람에 대한 '나'의 반향입니다. 친구 스타브리다키를 염두에 둔 겁니다. 생각 없이 사는 사람, 대의에 헌신하는 사람, 전 우주적 삶을 목표로 하는 사람. 그리고 따로 넛붙이지는 않았지만 자신으로 나누고 있습니다. 조르바가 이해하기에는 어렵습니다. 그래서 그는 머리를 긁적긁적 긁습니다.

"뭐가 뭔지 대가리에 들어오지 않습니다. 아, 당신이 춤으로 방금 말한 걸 표현할 수만 있다면 나도 알아들을 텐데."

'나'의 레슨 첫 단계는 '나'가 조르바에게 암시받은 생각입니다. 말로는 표현할 수 있습니다. 그다음 단계는 춤으로 표현하는 겁니다. 조르바의 레슨은 언어를 넘어 춤으로 표현하는 것이죠. 그런데 그게 안 됩니다.

나는 낭패한 참이어서 입술을 깨물었다. 그토록 절망적인 생각들을 춤으로 출 수 있다면 얼마나 좋았으랴! 그러나 나는 그럴 수 없었다. 나는 내 인생을 헛일에다 써버린 것이었다.

인식에는 도달하지만 표현에는 이르지 못합니다. '나'는 조르바 수준까지는 가지 못합니다. 물론 조르바를 만나기 이전 단계에 머물러 있지는 않습니다. 그렇지만 조르바와 대등한 자리에 있는 것도 아닙니다. '나'는 언어와 춤 사이를 이어주는, 니체의 표현으로는 다리, 교량입니다. 이 책의 의의이기도 합니다. 조르바라는 존재를 직접 만나지 않는다면 그에게 감화될 수 없습니다. 조르바는 책을 쓸 시간이 없잖아요. 조르바를 대신한 '나'의 역할입니다. 여기서 '나'는 '나는 조르바가 아니다'와 '나는 조르바'다, 두 가지 배역을 맡습니다. 조르바는 '나'라는 중개자를 통해서만 독자에게 모습을 드러낼 수 있습니다. 책의 전제는 '나는 조르바가 아니다'라는 겁니다. 나는 조르바의 학생이지요.

"조르바! 이리 와 보세요! 춤 좀 가르쳐주세요!"

조르바가 펄쩍 뛰어 일어났다. 그의 얼굴이 황홀하게 빛나고 있었다.

"춤이라구요, 두목? 정말 춤이라고 했소? 야호! 어서 이리 오쇼!"

"조르바, 갑시다. 내 인생은 바뀌었어요. 자, 놉시다!"

조르바의 춤을 보면서 '나'는 "처음으로 무게를 극복하려는 인간의 처절한 노력을 이해했다"고 말합니다. 우리는 두 발을 땅에 딛고 있습니다. '무게'가 뜻하는 것은 '중력'이라고 생각합니다. 춤은 중력을 극복하려는 노력입니다. 도약하는 무용수들은 새처럼 자유로운 모습을 보여줍니다. 중력을 극복하려는 인간의 처절한 노력이자 한계입니다. 이 한계는 인간의 조건이기도 하지요.

조르바는 물레질할 때 손가락이 걸리적거리니까 도끼로 찍어버립니다. 자유롭습니다. 절대적인 해방이지요. 나중에는 국가, 이념으로부터도 자유로워집니다. 조르바는 전부 경험했습니다. 전쟁에 참전해 학살을 자행한 적도 있지만 통과하고 넘어섭니다. 그래서 사람이란 터키인, 그리스인으로 나눌 수 있는 것이 아니라 좋은 놈, 나쁜 놈이 있다는 깨달음에 도달하게 됩니다.

> 나는 조르바의 인내와 그 날램, 긍지에 찬 모습에 감탄했다. 그의 기민하고 맹렬한 스텝은 모래 위에다 인간의 신들린 역사를 기록하고 있었다.

말 그대로 조르바가 보여주는 대단한 춤입니다. '나'는 춤의 기록자로서 스스로의 역할을 자리매김합니다.

> 내 심장은 가슴속에서 뛰고 있었다. 내 생애 그 같은 기쁨은 누려본 적이 없었다. 예사 기쁨이 아닌, 숭고하면서도 이상

야릇한, 설명할 수 없는 즐거움 같은 것이었다.

'나'의 깨달음이 이어집니다. 조르바의 마지막 가르침이자 '나'의 환희입니다. 그런데 단서를 덧붙입니다. 과연 조르바 수준에 도달했는가? 아닙니다.

> "당신과 함께 갈 수도 있어요. 나는 자유로우니까."
> 조르바가 고개를 가로저었다.
> "아니요, 당신은 자유롭지 않아요. 당신이 묶인 줄은 다른 사람들이 묶인 줄과 다를지 모릅니다. 그것뿐이오. 두목, 당신은 긴 줄 끝에 있어요. 당신은 오고 가고, 그리고 그걸 자유라고 생각하겠지요. 그러나 당신은 그 줄을 잘라버리지 못해요. 그런 줄은 자르지 않으면……."
> "언젠가는 자를 거요."

묶여 있는데 줄이 길어서 자유롭다고 착각한다는 겁니다. 그러니까 '나'가 이제껏 한 일은 줄을 좀 늘려놓은 것입니다. 줄을 끊어야 자유롭지요. 자유롭다고 여겨지지만 실제로는 여전히 구속받고 있습니다. '나'는 완전한 자유인으로 끝나지 않습니다. 언젠가는 자유로워질 거라고 이야기하면서 마무리됩니다. 그런데 줄을 끊기는 상당히 어렵습니다. 왜냐하면 바보가 되어야 하기 때문에.

"모든 걸 도박에다 다 걸어야 합니다. 하지만 당신에게 좋은 머리가 있으니까 잘은 해나가겠지요."

조르바의 마지막 충고입니다. 둘은 작별하고 '나'는 나중에 조르바의 죽음 소식을 듣고 나서야 회고록을 완성합니다. 자유인 조르바의 삶이 끝나자 대체물로 기록이 남았습니다. 기록 안에서 조르바는 계속 살아남지요. 온몸으로 부딪쳐서 인생을 깨우친, 열정으로 가득한 자유인. 그는 종교나 이념은 물론 타인의 시선이나 사회적 규범에서도 벗어나 있습니다.

소설 속 '나'는 점점 조르바에게 동화되고 의탁합니다. 그에게 많은 걸 배우려고 합니다. 다투기도 하고 서로의 삶에 의무를 품기도 하지만 소중한 우정을 나눕니다. 특히 조르바의 교훈을 '나'가 전수받게 됩니다. 술과 여자에 미쳐 있고 도무지 계획이라고는 없는 조르바를 이해해가며 주인공은 새로운 세상을 만납니다.

두 가지 의미를 가진 작품입니다. 조르바는 책을 쓰지 않았지만 만약에 썼다면 그가 건네는 기록에 해당하는 것이 『그리스인 조르바』입니다. 다른 한 가지는 '나'가 조르바를 만나고 그에게 다가가는 이야기이지요. 두 방향성을 가진 작품입니다.

『그리스인 조르바』는 카잔차키스의 실제 경험담을 바탕으로 쓰였다고 하는데, 작가는 '나'와 마찬가지입니다. 카잔차키스의 삶은 '카잔차키스의 조르바 되기'겠지요. 다만 조르바에게는 가능하지 않았던 사는 것과 쓰는 것의 모순을 화해시켜보려고 한

너의 운명으로 달아나라

여정이 카잔차키스의 길이라고 할 수 있습니다.

　카잔차키스는 형이상학적인 언어에서 벗어나 살아 숨 쉬는 자유의 언어로 문학을 완성한 사람입니다. 정신과 육신의 이분법을 화해시키려고 애썼고 이에 근접한 작업을 보여줍니다. 끝까지 둘의 모순을 중재하고 밀어붙이려고 합니다.

　니체의 초인은 절대적인 주권자이며 달리 말하면 자유인입니다. 어디에도 구속받지 않는 사람, 제약받지 않는 사람. 조르바는 카잔차키스가 제시하는 초인입니다. 니체에 따르면 인간은 초인으로 가는 다리입니다. 『그리스인 조르바』는 '나'를 통해서 이 다리를 보여줍니다. '나'는 카잔차키스이기도 하지만 독자의 포지션이기도 합니다. 읽는 이가 어떻게 조르바가 될 수 있는가, 어떻게 초인이 될 수 있는가의 사례를 보여줍니다.

　마지막에 조르바는 '두목은 아직 안 됐어'라고 합니다. 줄이 좀 더 길 뿐이라고 하죠. 그 줄을 끊어낼 때 비로소 초인이 될 수 있습니다.

영혼과
육체의 투쟁

"젊은 시절 이후 줄곧 내 가장 큰 고뇌와 모든 기쁨과 슬픔의 원천은 영혼과 육체의 무자비하고도 끊임없는 투쟁에서 연유했다. 내 마음속에는 인간적이면서도 인간 이전인 악한 자의 어두운 태곳적 힘들이 존재하고, 내 마음속에는 또한 인간적이면서도 인간 이전의 찬란한 힘, 신의 힘들이 존재하니, 내 영혼은 그 안에서 이 두 군대가 만나고 충돌하는 전투장이다."

카잔차키스의 『최후의 유혹』을 읽어보겠습니다. 이 책은 1955년에 그리스에서 출간되었기 때문에 그의 마지막 작품이나 다름없습니다. 제목과도 어울리게 72세에 발표했으니 생애를 마무리하는 의미도 겸한 책입니다.

문학을 읽는 방법

카잔차키스의 문학과 생애는 분리하기 어렵습니다. 우리에게 친숙한 관점은 작품을 작가의 의도나 전기적 사실과 연관 지어 살펴보는 것입니다. 또한 작품이 반영한 세계와 관련해서 이해하는 입장도 있습니다. 이를 모방론 또는 반영론이라고 합니다. 작품이 무엇을 다루는지, 어떤 문제를 형상화하는지 등의 관점에서 작품을 독해하고 그에 따라 작품을 평가합니다.

왜 썼는가? 독자들은 저자에게 묻습니다. 당신이 왜 썼는지 알면 이 작품을 이해할 수 있다, 일종의 거래를 하는 것입니다. 물론 애로 사항은 있습니다. 작가 본인에게 무의식적인 동기가 있을 경우에는 어떤 의도에서 작품을 썼는지 자신도 명확하게 이해하지 못합니다. 그래서 누군가 읽어주어야 합니다. 정신분석의 대화 치료라면 의사나 정신분석가가 읽어주는 것이지요. 그럼으로써 작가 혹은 환자가 자신의 병증을 이해하게 하는 방식입니다. 스스로 억압되어 있다면 작가에게 묻는다고 해서 해결되지 않습니다. 공통점이라면 작가에게서 실마리를 얻고자 하는 겁니다. 숨겨진 의도를 추적해서 작품 이해와 교환하는 거지요.

그런데 모더니즘 문학관은 이 연결고리를 끊습니다. 작품은 작가로부터 분리되어 있고, 세계로부터도 분리되어 있다고 봅니다. 그렇다면 작품이 어떻게 존재할 수 있는가, 무엇이 이 작품을 지지하는가 등을 문제 삼을 수 있습니다. 모더니즘 문학관에서는 작품이 독자적으로 존재한다고 봅니다. 미학적인 구조에 의해서 지탱된다고 하지요. 이를 '예술 텍스트'라고 부릅니다. 하지만 모든 작품이 다 예술 텍스트가 되지는 않습니다. 무엇이 차이를 낳을까요?

예술 텍스트는 그 자체로 존립할 수 있습니다. 비예술 텍스트는 그렇지 않다는 겁니다. 시대적 의의나 작가와 연관되거나 연결고리가 없으면 의미를 갖지 않는 것이 있습니다. 예를 들어 작가가 쓴 메모는 어떨까요? 계산서도 가능합니다. 그중 어떤 것은 의미가 있다고 여겨 수집가들이 굉장히 비싸게 사기도 하지

너의 운명으로 달아나라

요. 이것이 예술 텍스트여서는 아닙니다. 의미를 부여하는 것은 작가의 아우라이며 거기에서 예술성을 가져옵니다. 이를 제외하고 평범한 변기가 예술이 되려면 무언가 다른 것이 필요합니다. '어떤 것'을 구성적으로 갖추어야 합니다. 말하자면 자체의 힘으로 존립해야 한다는 것, 그것이 모더니즘 예술의 중요한 조건입니다.

모더니즘 이전의 작품에서는 대개 작가와 관련해서 의미를 찾았습니다. 리얼리즘 소설이 대표적인데, 이 작품은 무엇을 보여주는가가 중요했습니다. 그래서 심미적인 텍스트라기보다는 사회학적 분석의 자료로 많이 쓰였습니다. 발자크, 톨스토이의 소설 등 리얼리즘의 대표작들은 여전히 그러한 의미를 가지고 있지요. 1812년 전쟁에 대해서 알고 싶다면 『전쟁과 평화』를 읽으면 됩니다. 어떤 역사서보다 생생하고 밀도 높게 묘사합니다. 그러다 보니 예술 작품을 감상하기 위해서가 아니라 역사학자들이 자료로서 읽게 됩니다.

자료성 없이 작품이 존속하려면 자체 내의 텍스트성이 있어야 합니다. 문학성이라고도 합니다. 문학성이란 어떤 작품을 문학으로 만드는 속성이나 요소를 가리킵니다. 객관적인 성격을 가지고 있어 작가나 세계와 분리됩니다. 이러한 내재적 요소를 가진 작품은 충분히 자기 존재를 정당화할 수 있습니다.

이를 명료하게 의식적으로 추구한 사람들이 있습니다. 문학 자체로 평가해야 한다는 문학주의입니다. 문학주의적 태도는 오랜 문학사에 비추어보면 비교적 최근, 19세기 중반에 등장합니다. '문학의 자율성'이라고도 합니다. 작품이 어떤 의미를 가진다고 할 때 작가 또는 현실이나 시대에 빚지고 있지 않습니다. 플로베르와 보들레르는 자유성 선언을 합니다. 1857년에 『마담 보바리』와 『악의 꽃』이 약속이나 한 듯이 같은 해에 발표되고 풍기문란죄로 기소됩니다. 현대시의 출발점이면서 동시에 문학적 모더니즘의 탄생입니다. 그럼에도 리얼리즘 문학의 전성기가 1857년에 종결된 것은 아닙니다. 러시아의 리얼리즘 문학은 프랑스 문학보다 뒤인 1880년 즈음 전성기를 맞게 됩니다. 스탕달, 발자크부터 도스토예프스키까지가 '역사적 리얼리즘'의 범위입니다.

손톱 깎고 있는 작가

모더니즘 문학의 단초는 이미 1850년대에 등장했습니다. 전면화되는 것은 20세기 초반 제임스 조이스에 이르러서입니다. 『젊은 예술가의 초상』[1916] 『율리시스』[1922] 등을 대표적인 작품으로 들 수 있습니다. 『젊은 예술가의 초상』에서 작가의 분신이기도 한 스티븐 디덜러스는 마지막에 아일랜드를 떠나 파리로 가려고 합니다. 조국인 아일랜드를 혐오하게 되어 마치 신화 속 다이달로스처럼 미궁에서 날개를 만들어 붙이고 탈출합니다. 그 날개에 해당하는 것이 예술입니다. 예술이라는 날개를 달고 현실의 미궁을, 감옥을 탈출하는 것, 그것이 모더니즘 예술의 기획입니다.

은연중에 암시하는 것은 작가가 신이고 창조주라는 것입니다. 작가가 자신이 만든 세계에서 분리된 창조주의 형상을 갖습니다. 창조주로서 예술가의 삶은 『젊은 예술가의 초상』에서 이미 제시됩니다. 이 작품의 후반부에 조이스의 예술론이 나옵니다. 토마스 아퀴나스의 예술론을 디덜러스가 친구에게 설명하는 장면이 나오는데 곧 조이스의 예술론 표명으로도 읽을 수 있습니다. 모더니즘에서 작품은 무엇인가, 작가로부터 작품이 어떻게 분리되는가를 설명합니다.

아퀴나스의 이론을 빌려 조이스는 세 가지 조건을 듭니다. 하나는 '인테그리타스^{intégrītas}'입니다. 예술 작품의 배경이 되는 전체가 분리되는 겁니다. 예술의 안과 밖이 있는 것, 바로 경계성이지요. 단순하게 보면 한 작품을 배경으로부터 분리시키는 틀을 가리킵니다. 리얼리즘은 현실이나 세계가 작품보다 우위에 있습니다. 작품 밖에 있는 더 큰 세계에 충실해야만 한다고 생각합니다.

그런데 현실의 특징은 시간·공간이 연속적이라는 겁니다. 이에 충실하려면 작품도 연속적이어야 합니다. 그러므로 리얼리즘 작품에서 경계성을 갖는 것은 결함입니다. 하지만 현실처럼 연속적일 수는 없기에 불가피하게 일정 부분을 끊어 와야 합니다. 리얼리즘 작품에서 한 인물이 등장했다면 책에 묘사되지 않더라도 주인공의 어린 시절까지 다 가정합니다. 작품은 전체의 일부만을 다루고 있기 때문이지요. 이것이 리얼리즘의 연속성입니다.

반면에 모더니즘의 경계성은 작품의 강점입니다. 모더니즘 문학에서는 전사를 보지 않아요. 작품 속에 들어올 수 없습니다. 완벽하게 차단막을 하고 그 안에서만 이해하도록 요구합니다. 전제는 모든 작품이 같은 방식으로 존재하지 않는다는 것이며 존재 양식에 따라 다른 접근과 이해를 요구합니다.

두 번째는 '콘소난티아consōnántïa', 조화입니다. 작품의 구성 요소가 조화를 이루어야 합니다. 그 자체로 균형을 맞추어야 하기 때문이죠. 비유하자면 모더니즘 작품이 아닐 경우 작가가 한쪽을 받치고 있습니다. 작가 없이 서 있기 위해서는 네 발이 있어야 하고, 높이도 같아야 합니다. 작품을 구성하는 요소 간의 조화, 균형, 비례가 맞아야 하는 것. 이는 일반적으로 적용할 수 있는 원칙입니다.

세 번째가 특이한데 광채, '클라리타스clárïtas'입니다. 신학자인 아퀴나스는 기독교 용어로 이야기합니다. 신학적 색채를 배제하면 '진리'겠지요. 작품이 어떠한 진리를 담보해야 한다는 것. 그런데 진리는 추상적이기 때문에 보이지 않습니다. 이 이야기의 기원은 플라톤에서 오는데 이데아에 해당합니다. 리얼리즘에서는 가시적인 세계를 반영하고 이를 토대로 진리를 이야기합니다. 아퀴나스나 조이스가 말하는 것은 플라톤을 따랐기에 눈에 보이지 않는 진리입니다. 어떤 것을 어떤 것이게끔 해주는 요소를 말합니다. 무엇이 삼각형을 삼각형이게 하는가? 이것이 삼각형의 본질, 삼각형 이데아예요. 무엇이 사람을 사람이게 하

너의 운명으로 달아나라

는가? 사람의 자질이지요. 이것을 아퀴나스는 광채라고 표현합니다.

조이스가 아퀴나스의 예술론을 길게 언급하는 이유는 공감하기 때문입니다. 이런 것을 갖추면 예술 작품이 된다는 겁니다. 또한 창조주로서 작가는 이런 요건을 갖춘 것을 만들어냅니다. 그러면 작가가 구조해주지 않아도 작품이 그 자체로 존립합니다. 그렇다면 작가는 무엇을 하는가? 만들어낸 다음에 작품 너머에서 무심하게 손톱 깎고 있습니다. 이게 조이스의 작가상입니다. 모더니즘 문학관에서는 작품을 이해하기 위해 손톱 깎고 있는 작가를 소환할 필요가 없습니다.

하나의 예술 작품이 된 삶

카잔차키스는 다릅니다. 그의 가장 유력한 작품은 그 자신입니다. 카잔차키스는 엄청난 분량의 저작을 남겼는데 골방에 틀어박혀 작품을 쓴 사람이 아닙니다. 많은 여행기를 남겼어요. 끊임없이 삶을 모색했기 때문입니다. 만약 결과보다 과정이 중요한 의미를 갖는다면 카잔차키스는 삶의 행적 자체가 그의 예술 작품입니다. 니체의 인생관이 바로 '너의 삶을 하나의 작품으로 만들라'입니다. 그런 점에서 카잔차키스는 니체를 숭배했는데 니체가 살았던 곳, 다녔던 곳, 요양원까지 다 찾아갑니다. 앞서 다룬 『그리스인 조르바』에서도 조르바는 니체의 초인 형상을 카잔차키스의 방식으로 변형한 것이었지요.

영원회귀는 두 가지 의미를 갖습니다. 첫 번째, 윤리적 명령으로서 영원회귀는 칸트의 '정언명령' 같은 것으로 이해됩니다. 칸트의 정언명령은 윤리적 의무, 절대적 의무입니다. 정언명령은 앞에 조건 절이 없습니다. 어떠한 이해관계도 전부 배제합니다. 영원회귀 역시 그런 성격이 있습니다. 이 삶이 영원히 반복되어도 좋은가라는 질문에 그렇다고 답하는 것. 윤리적인 성격을 갖습니다. 반복되어도 좋을 만한 것으로 최선의 삶을 살라는 주문이기도 하니까요.

그리고 두 번째, 영원회귀의 요구는 완벽성이라는 면에서 미적인 차원도 갖습니다. 예술 작품에 견줄 정도로 삶을 완벽하게 만드는 겁니다. 칸트에게는 고려 대상이 아니지만 니체의 영원회귀는 양면을 다 가지고 있습니다. 영원히 반복되어도 좋은 삶이라면 완벽한 예술 작품이며 이것이 니체의 주문입니다. 그중 '너 자신이 되어라'라는 명령도 있습니다. 반복되어도 좋을 만큼 완벽을 지향한다면 충분히 사랑할 만합니다.

카잔차키스의 책들은 그의 생애의 증거이기도 한데 니체가 말한 '예술 작품으로서의 삶'에 대한 요구를 충실히 반영하고 있습니다. 이는 손톱 깎는 사람과는 다릅니다.『최후의 유혹』영어판 번역자인 피터 빈의 후기를 살펴보면 작품뿐 아니라 카잔차키스의 생애 전체를 말합니다.『최후의 유혹』은 작품에 한정해서 읽기에 충분하지 않다는 뜻이겠지요. 그의 생애 전체를 집약하고 있기 때문입니다. 어떻게 해서 카잔차키스의 사유와 창작의 여정이 『최후의 유혹』으로 흘러들어오는가? 그 내적 논리를 따라가야 합니다.

그리스도의 생애를 다루는 관점

『최후의 유혹』은 예수 그리스도의 생애를 재구성한 것입니다. 물론 그런 책은 많습니다. 신학자부터 예술가까지 자신의 방식으로 예수의 생애를 변형시켜왔습니다. 가령 루 월리스의 『벤허』[1880] 역시 그렇습니다. 이 소설의 부제는 '그리스도 이야기'입니다. 작품에는 그리스도가 조연으로 직접 등장하는데 벤허의 인생에 딱 두 번 만납니다. 벤허는 유대인 귀족이었는데 총독이 부임하는 모습을 구경하다가 실수로 기왓장을 떨어뜨려서 반란죄로 체포되고 가족들과 격리됩니다. 누이와 어머니는 지하 감옥에 갇히고 벤허는 노예선으로 팔려갑니다. 그리스도와의 첫 번째 인연은 벤허가 노예선에 끌려갈 때입니다. 로마 병사들은 물도 못 주게 했지만 한 청년이 나타나 물을 건넵니다. 이 청년이 그리스도입니다.

노예선에서 벤허는 우여곡절 끝에 살아남고 고향으로 돌아가게 됩니다. 가는 도중 유명한 전차 경주가 열립니다. 그의 원수역시 경주에 나오고 벤허는 자청해 기수로 나섭니다. 영화를 보면 스펙터클합니다. 친구가 비겁하게 술수를 쓰려고 하지만 실패합니다. 결국 벤허가 정정당당하게 승리하지요. (그런데 원작에서는 벤허가 술수를 씁니다. 말하자면 영화감독은 작가가 잘못 썼다고 생각하고 벤허를 멋지게 그립니다.) 결국 벤허는 가족을 만나고, 원래의 가정을 회복합니다. 그즈음 그리스도가 체포되어 최후를 맞습니다. 십자가에 못 박히는 것을 목도한 벤허는 전향해서 지하 교회의 적극적인 후원자가 되고 새로운 인생을 살게 됩니다.

그렇다면 부제는 왜 벤허 이야기가 아니라 그리스도 이야기일까요? 이 작품에는 그리스도의 탄생부터 죽음까지 등장합니다. 그러니까 그리스도 이야기는 맞지요. 하지만 나머지는 전부 벤허의 이야기입니다. 즉 주인공을 바꿔치기한 것입니다.

『벤허』는 미국 최고의 베스트셀러입니다. 독자들은 이 작품에서 무엇을 읽은 것일까요? 그리스도의 사랑에 대한 복음이 성에 안 찬 겁니다. 원수를 사랑하라. 어떻게? 복수한 다음에 사랑하는 거지요. 벤허식 변형이자 미국식 변형입니다. 그렇게 『벤허』는 그리스도의 생애를 특이하게 사용합니다.

그리스도의 생애를 다룬 작품과 관련해서 떠올릴 수 있는 또 한 편은 불가코프의 『거장과 마르가리타』1967입니다. 1930년대 모스크바를 배경으로 전개되지만 절반은 그리스도와 예수, 본디오 빌라도 이야기입니다. 예수가 심문받는 장면부터 유다의 배반, 그리스도의 죽음까지 다룹니다. 그리고 파스테르나크의 『닥터 지바고』1957도 함께 살펴보면 지바고는 '햄릿'이라는 시를 쓰는데 작가는 햄릿을 그리스도 형상으로 그립니다. 작가 자신이기도 하지요. 작가는 당대 사회, 정치적 상황에서 예수는 어떤 존재인가 하는 문제를 다룹니다. 그리스도 모델은 러시아 작가들에게도 참조가 된 것이지요.

『최후의 유혹』 역시 마찬가지로 이 작품의 골자가 되는 그리스도의 생애는 신약성서의 행적을 바탕으로 합니다. 카잔차키스가 어떻게 변형시켰는가? 카잔차키스에게 변형이 갖는 의미는 무엇인가? 카잔차키스의 생애나 인생관과 관련해서 어떤 의미를 갖는가? 이를 이해하는 게 관건이라고 할 수 있겠습니다.

먼저 최후의 유혹에 이르는 카잔차키스의 여정부터 보도록 하겠습니다. 카잔차키스는 「프롤로그」에 이 책이 자신의 고뇌를 응집해놓은 작품이라고 적습니다.

> 젊은 시절 이후 줄곧 내 가장 큰 고뇌와 모든 기쁨과 슬픔의 원천은 영혼과 육체의 무자비하고도 끊임없는 투쟁에서 연유했다.

그는 어느 한쪽을 포기하거나 부정하지 않습니다. 육체성과 정신성을 똑같이 밀고 나갑니다. 그리스도의 문제도 마찬가지입니다. 그리스도가 갖는 이미지에 통상 육체적인 부분은 없습니다. 하지만 카잔차키스의 그리스도는 육화된 존재인 인간으로 태어나서 육신의 고통을 받습니다.

이때 육신은 부정적인 의미를 갖지요. 결국 마지막에 육신의 구속에서 해방됩니다. 기독교의 육체관에는 위계가 있습니다. 영혼의 행복을 위해서 궁극적으로 육체적 만족을 거부해야 합니다. 하지만 카잔차키스는 기본적으로 육체를 포기하지 않고 계속 투쟁합니다. 그리스도의 삶을 이 관계에 투영해서 보고 기술하는 것, 이것이 카잔차키스의 계획입니다.

> 모든 인간은 영혼과 육체에 있어서 신적인 본질의 한 부분을 이룬다. 그렇기 때문에 그리스도의 신비는 단순히 어느 특정한 종교의 신비가 아니라 (기독교만의 신비가 아니라) 만인에 대한 보편성을 지닌 신비다.

카잔차키스는 그리스도의 삶이 갖는 의미를 종교 안에 가두지 않고 더 넓은 차원에서 찾고자 합니다. 그리스도는 모든 인간의 모델이라는 겁니다. 왜 탄압하지요? 왜 불온한 것이 되나요? 모든 인간에게, 신앙을 갖지 않은 사람에게도 그리스도가 모범이라는 것이 카잔차키스의 시각입니다. 기독교의 관점에서 그리스도가 어떤 모범을 보여주었는가? 육체와 영혼의 투쟁, 반발과 저항, 화해와 굴종, 마지막으로 신과의 결합. 이것이 그리스도가 취한 오름길이었으며 그는 이 자취를 뒤따라오라고 부릅니다.

카잔차키스는 영혼과 육체의 투쟁이라는 면에 주목하고 이 특정한 관점에 따라 재기술합니다. 물론 소설은 약술되어 있는 신약성서보다 방대한 분량이기 때문에 가공한 이야기가 많이 들어갑니다. 카잔차키스는 그리스도의 몇 가지 이미지를 바탕으로 생애 전체를 구성했습니다.

그리스도의 생애에서는 모든 순간이 갈등이요 승리이다. 그는 단순한 인간적 쾌락에 따른 불가항력의 유혹을 정복했고, 끊임없이 육체를 영혼으로 성변聖變시키며 여러 유혹의 정복을 통해 승화했다. 골고다의 정상에 오른 다음 그는 다시 십자가에 올랐다.

카잔차키스가 모델로 제시한 것은 그리스도가 간 길, 우리가 뒤따라야 할 길입니다. 이 작품은 전 생애를 육체와 영혼의 투쟁 속에서 보낸 한 인간의 사상과 경험에 관한 최후의 진실이지요. 다르게 보면 『최후의 유혹』의 예수는 카잔차키스의 분신이기도 합니다.

그렇다면 카잔차키스는 어떤 경로를 통해 그리스도에 대한 관심에 도달하게 되었는가? 앞서 언급했듯 이 작품을 살펴보는 것은 카잔차키스의 생애 전체를 이해하는 바이기 때문에 사전 이해가 필요합니다.

작가의 초인 계보

그는 니체, 베르그송, 러시아 문학에 관한 논문을 썼고 불교에 심취했습니다. 아테네대학에서 학위를 받았으며 아토스산에 있는 수도원에서 수행도 했습니다. 또한 단테의 『신곡』과 괴테의 『파우스트』를 현대어로 번역하고 호메로스의 『오디세이아』를 다시 썼습니다. 그리고 마지막이 그리스도에 대한 관심입니다. 한 사람이 하기 어려운 일인데 통째로 다 해놓았습니다. 그러면서도 그가 많은 애정을 보인 대상은 평범한 사람들이었습니다. 대표적으로 조르바가 있습니다. 『그리스인 조르바』에서 조르바는 대단한 인물, 매력적인 인물로 그려지지만 작중 나, 카잔차키스의 눈썰미가 전제 조건입니다. 인물을 알아보고 평가할 수 있어야만 조르바의 생애가 입체적으로 제시될 수 있겠지요.

1920년대까지도 카잔차키스는 갈팡질팡했습니다. 많은 사상가의 책을 읽었지만 방향을 못 잡고 있었습니다. 『영혼의 자서전』에서 회고하듯 처음으로 지적인 자극을 준 베르그송에게 큰 감명을 받습니다. 베르그송의 생기론(물질과 생명의 이분법입니다.)의 영향을 이야기합니다. 물리화학적 대상, 조직과 생명체는 조금 다른 것이죠. 생명체로 넘어갈 때 도약이 있습니다. 그래서 생명은 단순하게 물리화학적 대상으로 환원해서 설명하거나 이해할 수가 없어요. 앞서 직관과 함께 언급했듯 분석주의, 환원주의는 복잡한 것을 보다 단순한 것들의 결합으로 봅니다. 생명현상은 복잡하지만 물리화학적 현상은 그보다 단순합니다. 그래서 생명현상을 낮은 단위로 환원시켜 해석하는 겁니다.

정신 현상, 의식도 마찬가지입니다. 알파고가 던진 충격이 그렇습니다. 알파고의 계산 능력은 기본적으로 이진법입니다. 조합 및 계산 능력이 아무리 발달하더라도 의식의 차원에서 이루어지는 인간의 직관은 복잡하기 때문에 AI, 인공지능이 넘어오지 못할 거라 생각했습니다. 그런데 알파고와 이세돌의 대국은 그렇지 않음을 보여준 겁니다. 만약 베르그송이 보았다면 충격을 받았을지 몰라요. 물질이 침범해 들어오는 겁니다. 인공지능은 물질로 만듭니다. 아직까지는 생명과 발전·진화 경로가 다릅니다. 언젠가는 도전해올지 모르겠지만 아직 상당한 격차가 있다고 생각했는데 단숨에 넘어온 겁니다.

앞서 언급했듯 베르그송은 시간에 대한 분석·환원주의적 접근을 비판했는데 공간화된 시간 표상은 순수한 시간, 말하자면 지속을 이해할 수 없게 합니다. 그런데 인간적 경험은 지속으로 이루어져 있습니다. 결국 그러한 시간개념으로는 삶을 이해할 수 없다는 겁니다. 이것이 베르그송이 카잔차키스에게 갖는 의의입니다. 그는 인간이 자유로워질 유일한 길은 육체에 대한 투쟁뿐이라고 합니다. 인간의 조건, 유한성, 죽음, 필멸, 고통…….이 모든 것과의 투쟁입니다.

형이상학적으로 확장하면 물질적 세계 및 결정론의 세계와의 투쟁입니다. 결정론의 세계에서는 자유가 배제됩니다. 칸트는 '목적의 왕국'이라는 표현도 쓰는데 결정론의 세계에서는 윤리가 나올 수가 없습니다. 인과율에 지배되기 때문에 윤리를 사고할 수가 없지요. 윤리는 이를 넘어선 차원에서만 가능합니다. 자유의 영역에서만 가능해요.

그런데 거듭 언급하지만 카잔차키스에게 중요한 것은 이 대립을 상호 선택적으로, 배제적으로 보지 않는다는 겁니다. 육체와 영혼, 자유와 결정론을 같이 사고합니다. 니체식으로 말하면 영원회귀에 대한 긍정입니다. 영원회귀는 일종의 결정론이라고 했습니다. 자유는 선택입니다. 선택과 결정론은 대립된다고 생각하는데 니체는 이를 역전시킵니다. 영원회귀는 결정론적 세계지만 그것을 자신이 원하는, 선택하는 세계로 바꿉니다. 그러면 무엇이 달라질까요? 노예가 주인이 됩니다. 성체 변환이라고 할 수 있습니다.

이 구도가 카잔차키스에게서 그대로 반복됩니다. 앞질러 설명하면 『최후의 유혹』의 핵심은 결정론 대신 '신의 섭리'입니다. 물론 섭리도 결정론과 비슷합니다. 인간을 압도하는 존재에 의해 계획이 짜여 있는 겁니다. 인간의 역량을 넘어서기 때문에 손댈 수 없는 확고한 세계지요. 카잔차키스는 이에 맞섭니다. 이 작품에서 예수가 하는 일은 이 섭리를 자신의 선택으로 만드는 겁니다. 자신의 의지로. 성서 속 그리스도보다 훨씬 대단하게 그렸다고 생각합니다. 물론 문맥은 다릅니다. 카잔차키스가 이야기하는 것은 기독교의 신을 넘어선 인간 예수입니다. 인간적인 한계를 가지고 있습니다. 하지만 수동적인 존재가 아닌 그 자신을 주인으로 만드는 모습입니다.

카잔차키스는 베르그송, 니체 다음에 불교로 갑니다. 사실 니체와 불교는 가깝습니다. 붓다 역시 카잔차키스에게는 물질을 정복한 초인이었습니다. 즉 니체의 초인상이 있고 그 연장선에 붓다가 있는 겁니다. 그다음 모델은 레닌입니다. 카잔차키스는 격렬한 시대를 살았기 때문에 러시아혁명에 매혹되었고 레닌에 열광하게 됩니다. 러시아 여행도 세 번 다녀왔고 『러시아 기행』을 쓰지요. 혁명과 무모한 영웅주의 속에서 성장한 크레타인은 불교에는 너무 빠지기 어려웠습니다. 불교적 정적주의라고 할 만한 세계와도 잘 안 맞았죠. 기원전 5세기에서 다시 현재로 와 혁명가 레닌이 투쟁하는 초인의 모델이 됩니다. 그러고는 환멸을 느끼게 되고, 그다음 그를 구제한 것이 호메로스의 『오디세이아』입니다. 오디세우스가 카잔차키스의 또 다른 초인이 되고 당대의 서사시에 착수합니다.

그는 오디세우스와 마찬가지로 예수를 투쟁에 몸을 바친 전형적 자유인으로 간주했습니다. 흔하게 쓰지만 이때의 자유는 중요한 의미가 있습니다. 결정론적 세계, 인과율의 세계 속에서 자유가 어떻게 가능하고 어떻게 쟁취할 수 있을까요.

자유와 책임

> "불쌍한 인간이여, 당신은 그런 모든 죗값을 어떻게 다 치를 생각이죠?"

『최후의 유혹』 초반에 젊은 시절의 예수가 등장합니다. 본인은 부인하지만 처음부터 구세주의 자질을 보여줍니다. 아버지 요셉이 병으로 누워 있는데 아버지 몸이 마비된 것은 '내 탓'입니다. 막달라 여인이 창녀로 타락한 것도 '내 탓'이고 이스라엘이 멍에를 메고 신음하는 것도, 압제 아래 시달리는 것도 '내 탓'이고, 다 자기 책임이라는 겁니다.

이것은 무엇을 뜻할까요? 책임은 자유가 있어야 가능합니다. 내가 다 책임진다는 것은 선택할 수 있었다는 의미입니다. 이 세계 전체를 책임진다는 것은 거꾸로 말하면 그가 그만한 자유를 가지고 있다는 뜻입니다. 제한된 존재가 아니라 절대적인 자유를 가진 존재라는 것이지요. 즉 그리스도는 '절대적인 제약성과 불가능 대 절대적인 자유'를 다룹니다. 구세주로서의 자질이지요. 보통 사람들의 경우에는 책임의 범위가 한정되어 있습니다. 그런데 예수는 세계를 책임지겠다고 합니다. 굉장한 자부심을 보입니다.

예수는 자유인의 전형이자 초인입니다. 물질을 정신력으로 변화시키는 능력을 지닌 인간입니다. 니체의 운명애 역시 영원회귀를 '내가 원한다'로 바꾸는 겁니다. 말 그대로 성체 변환입니다. 빵이 그리스도의 살이 되는 것, 포도주가 그리스도의 피가 되는 것, 변화하는 겁니다. 그때는 단순한 물질이 아니며 성체화됩니다.

카잔차키스에게는 자유가 투쟁에 대한 보상이 아니라 투쟁 자체이기 때문에 예수가 끊임없이 악의 유혹을 받으며 심지어 굴복까지 한다는 상황이 필수적입니다. 이 부분이 큰 논란을 일으킵니다. 기독교인들이 보기에는 그리스도를 나약하게 그렸다고 불만스러울 수도 있습니다. 그렇지만 이는 역설적이라고 생각합니다. 바로 그렇기 때문에 『최후의 유혹』의 그리스도가 더 대단한 존재가 됩니다. 카잔차키스는 복음서에서 이야기하는 그리스도보다 훨씬 더 강력한, 훨씬 더 주권자적인 형상을 제시합니다.

훨씬 더 취약한 존재로, 훨씬 더 상처 받기 쉬운 존재로 설정
함으로써 말이지요.

모든 것이
이제 시작이다

"당신은 인내해요, 유다, 내 형제여. 필요하기 때문에, 내가 죽어야 하고 당신이 나를 배반하는 일이 필요하기 때문에, 당신에게 모자라는 힘은 하느님께서 주셔요."

　본격적으로 『최후의 유혹』을 살펴보도록 하겠습니다. 생략되어 있지만 물론 최후의 유혹 주체는 그리스도입니다. 원제는 '최후의 유혹'이지만 마틴 스콜세지 감독의 영화가 전 세계적인 반향을 불러일으켰기 때문에 영화 제목인 '그리스도 최후의 유혹'으로도 알려져 있습니다.

　성서에는 그리스도가 황야에 나가서 40일을 지내는 동안 악마의 유혹을 받는 대목이 나옵니다. 여기에 카잔차키스는 예수의 생애를 재구성하며 마지막 유혹을 덧붙입니다. 이는 영화와 더불어 기독교계에 상당한 반발을 불러일으켰습니다. 스콜세지 감독은 비교적 충실하게 카잔차키스의 작품을 영상으로 옮겼습니다. 아무래도 영상이 문자보다 파급력 있기 때문에 문제가 되었고 책도 금서로 지정되면서 탄압받았습니다.

　앞서 베르그송, 니체, 붓다, 레닌, 조르바, 오디세우스 등 카잔차키스에게 사상의 진화 계기가 된 이름을 언급했지요. 카잔차키스는 이 인물들의 연장선에 그리스도를 설정합니다. 「프롤로그」의 내용 그대로 육체와 영혼의 대결이 카잔차키스에게는 생애 최대의 투쟁입니다. 그는 상식적인 그리스도의 이미지가 아닌 육체와 영혼 투쟁의 전범으로 그리스도를 생각합니다. 그러한 그리스도를 설득력 있게 제시하기 위해서 카잔차키스가 고안한 작품이 『최후의 유혹』입니다.

카잔차키스의 새로운 예수

작품은 33장으로 구성되어 있습니다. 물론 의도적입니다. 그리스도가 33세에 십자가에 못 박히기 때문에 '33'은 전통적인 의미가 있습니다. (최후의 유혹은 30장부터 나옵니다.) 우리가 알고 있는 그리스도의 생애를 따라가지만 여러 가지 변형이 가해집니다. 배경은 성경과 같습니다. 이스라엘은 로마의 속박 아래 있었고 압제로부터 해방시켜줄 구세주에 대한 열망이 있었습니다. 30세 무렵의 젊은 예수는 하느님과 구세주를 찾는 열심당원에게 쫓깁니다. 열심당원의 대표 인물은 유다입니다. 성경 속 배신자 유다를 카잔차키스는 다르게 해석합니다. 유다의 배신이 예수의 제안 아래 이루어졌다는 것입니다. 아주 예외적인 해석은 아닙니다.

하느님의 인간 구원 계획이 있었다면 구원이 가능하기 위해서는 아담과 이브가 에덴동산에서 추방당해야 합니다. 타락하기 위해서는 누군가의 역할이 있어야 하지요. 악마가 뱀으로 변신해 이브를 유혹하는데, 넓게 보면 신의 섭리 안에서 이루어졌다는 해석입니다. 악마도 억울하게(?) 욕먹지만 비밀스런 미션을 수행한 것으로 이해할 수 있겠지요. 유다도 마찬가지입니다.

너의 운명으로 달아나라

그의 배신이 없다면 그리스도는 십자가에 못 박힐 수 없습니다. 작품에서 예수가 유다를 선택한 것은 '당신이 가장 강하기 때문'이라고 합니다. 유다의 배신을 신의 섭리로 이해할 수 있다, 더 나아가면 이해할 수밖에 없다는 것이 카잔차키스의 설정입니다.

열심당원은 말하자면 이스라엘 독립운동을 하는 세력입니다. 그리고 이들이 찾는 것은 이스라엘의 구세주입니다. 구약성서를 보면 여러 선지자가 이스라엘 땅에 구세주가 탄생할 것이고 그가 우리를 해방시킬 것이다, 라고 예고했고 이에 대한 오랜 믿음이 있었지요. 애꿎게 여러 사람이 십자가에 못 박혀 죽습니다. '그분'일까 하는 기대가 있는 것입니다. 무엇으로 알 수 있는가? 십자가에 못 박힐 때 일어날 기적입니다. 사람들이 형장에서 확인하려고 합니다.

예수는 구세주의 자질을 가진 인물입니다. 하지만 자신의 운명을 받아들이기까지는 상당한 시간이 걸립니다. 예수는 하늘을 보면서 남모르게 싸웁니다. 다른 사람들에게 이야기도 못합니다. 하느님이 괴롭힌다고 하면 믿어주지도 않을 테니 말 못할 속사정입니다. "하느님이 노하셨어. 또 피가 흐르네." 예수가 말을 안 들으니 하느님이 사인을 보내는 겁니다. 보통 손바닥에서 피가 나면 이적이라고 생각하겠지요? 예수는 부인합니다. 하지만 하느님은 예수를 계속 괴롭힙니다.

"아냐! 아냐! 아냐!" (…) "전 그럴 능력이 없어요! 저는 문맹

자이고, 나태한 인간이고 모든 것을 두려워합니다. 저는 좋은 음식과 술과 웃음을 사랑합니다. 저는 결혼하고, 아이들을 낳고 싶어요…… . 저를 가만히 좀 내버려 두세요!"

청년 예수가 보이는 거부의 제스처입니다. 그렇지만 노력하지 않습니다. 결혼하고 아이를 낳으려면 여자를 만나야 하지만 그런 장면은 없습니다. 아는 여자라고는 막달라뿐이고 육체관계도 가져본 적이 없기 때문에 평범하게 살고 싶다고 말만 하는 것으로 보입니다.

"저는 하늘나라는 관심도 없습니다. 저는 이 세상이 좋아요. 전 결혼하고 싶으며 비록 창녀이기는 해도 막달라의 여인을 원합니다. 그녀가 창녀가 된 것도 제 탓, 제 탓이고, 저는 그녀를 구해줘야 합니다. 그 여자를요! 이 대지도 아니고, 세상의 왕국도 아니고, 제가 구원하고 싶은 것은 막달라의 여인입니다."

막달라를 구원하는 것은 중요한 전개입니다. 한 여자를 구하는 동시에 막달라가 대신하는 모든 인간에 대한 구원의 첫걸음이기도 합니다. 그 사건 이후 예수는 메시아 역을 수락하지요. 결국 예수는 받아들이지만 초반부에는 어깃장을 놓습니다. 다른 곳으로 가서 다른 사람을 찾아내기를 바라고, 하느님을 떨쳐버리고 싶다고까지 말합니다.

"전 당신이 선택하는 메시아들이 처형을 받도록 평생 동안 십자가를 만들겠습니다!"

십자가에 못 박힌 자들은 해방운동을 하다가 로마군에 체포된 메시아 후보자들입니다. 그들을 못 박을 십자가를 평생 만들겠다고 했던 예수가 결국엔 메시아 역할을 받아들입니다. 만약 신이 모든 것을 선택한다면 예수는 수행자일 뿐입니다. 카잔차키스는 이를 바꿔보고 싶었고 예수가 자유의지에 따라 선택한다고 설정합니다.

육체와 영혼의 충돌

카잔차키스에게 핵심적인 가치는 자유였죠. 자유가 가능하기 위해서는 선택할 수 있어야 하고, 선택은 다르게 말하면 유혹입니다. 최후의 유혹이나 하느님의 부름에 대한 부인 역시 마찬가지입니다. 말하자면 신이 선택한 게 아닙니다. 예수가 선택해야 합니다. 그것이 '주권'이지요.

우리는 시공간의 제약 아래 있습니다. 육체를 가진 존재이니 동시에 여러 곳에 있을 수 없습니다. 영혼은 무엇일까요? 육체에서 벗어나 자유를 갖는 겁니다. 육체와 영혼은 충돌합니다. 이것이 기본 구도이며 이 충돌을 극복하는 것이 니체의 기본적인 과제였습니다.

다른 하나는 신과 인간의 충돌입니다. 신에 대한 철학적인 정의는 무한정자, 무제약자입니다. 신에게는 어떠한 제약도 없다는 것이지요. 이와 달리 인간은 조건과 한계 아래 있습니다. 육체와의 투쟁은 인간의 한계를 극복해나간다는 뜻이기도 하며 이는 곧 니체의 초인과 이어집니다. 육체적 제약은 니체의 영원회귀와 같은 의미를 갖습니다. 영원히 같은 것으로 되돌아옴은 자유를 제약하는 필연입니다. 의지와 무관하게 똑같은 것이 반복된다면 '나'는 자유가 없는 종속변수에 지나지 않습니다. 반복되는 운명의 수레바퀴에 깔려 있는 존재일 뿐이지요. 니체의 초인은 이를 긍정함으로써 극복합니다. 카잔차키스도 마찬가지입니다.

예수는 서서히 자신의 역할을 받아들입니다. 막달라가 중요한 의미가 있다고 말씀드렸는데, 둘은 한 살 차이이며 같이 성장했습니다. 둘의 육체 접촉은 한 번 손을 잡은 것입니다.

> "당신은 내 손을 잡았는데, 그래요, 당신은 내 손을 잡았어요, 예수. 그리고 우린 안으로 들어가 마당에 깔린 자갈 위에 누웠죠. 우린 서로 발바닥을 마주 꼭 대고는 우리 몸의 따스한 기운이 서로 섞이고 따스함이 우리의 발에서부터 허벅지로, 그러고는 사타구니로 올라오는 것을 느꼈어요. 그러면 우린 눈을 감았고요."

막달라는 예수를 원망합니다. 육체적 접촉은 그 이상 진행되지 않았어요. 그런데 막달라는 모든 남자를 다 받아들이겠다고 합니다. 그리스도가 모든 일에 책임지겠다고 한 것과 비슷합니다. 예수와 마당에 누워 발바닥을 마주 대했을 때 경험했던 따스함을 다시 경험하고 싶지만 이 남자도 아니고 저 남자도 아닌 상황이 계속 반복됩니다. 끝내 같은 느낌을 찾지 못하지요.

『최후의 유혹』에서 예수는 막달라와 결혼 생활을 합니다. 앞서 예수가 평범하게 살겠다고 했는데 그의 잠재적 소망이 실현된다고도 볼 수 있습니다. 유혹에 잠시 빠졌다가 돌아보니까 십자가에 못 박혀 있는 상태였죠. 그러고 나서 이제 자신의 운명을 수용합니다. 그 뒤 숨을 거둡니다. 마지막 결행조차도 선택할 수 있어야 한다는 것입니다.

> "난 준비가 되었습니다. 소리를 내어 부른 건 당신이 아니고, 하느님이었어요. 그래서 내가 왔어요. 하느님의 한없는 은총이 모든 일을 완벽하게 준비했어요. 당신은 정말 적절한 순간에 왔어요, 유다, 내 형제여. 오늘 밤에는 내 마음이 홀가분하고 순수하며, 나는 하느님 앞에 나설 자신이 생겼어요. 나는 준비가 되었으니까, 유다, 내 목을 당신에게 내밀겠어요."

자신의 역할을 받아들이고 변화된 예수의 모습입니다. 그리고 사람들에게 가르침을 전하지요.

> "서로 사랑하시오! 하느님은 사랑이십니다. 나도 또한 그분

을 야만적이라고 생각했고, 나도 또한 그분의 손길이 닿으면 산이 연기를 뿜고 사람들이 죽는다고 생각했습니다. (…) 나는 도망치려고 수도원에 숨었으며, 나는 엎드려 기다리기도 했습니다. 이제는 하느님이 오시려니, 이제는 벼락처럼 내 위에 떨어지시려니 하고 나는 혼잣말을 했습니다. 그러던 어느 날 아침에, 그분은 드디어 찾아오셨고, 서늘한 산들바람처럼 내게로 불어오시며 '애야, 일어나거라'라고 말씀하셨고, 나는 일어나 이렇게 찾아온 것입니다!"

사람들이 놀랍니다. "하느님이 서늘한 산들바람이라니!" 분노하고 심판하는 구약 속 하느님이 아닙니다. 새로운 하느님입니다. 작품의 서두에서 젊은이가 숲에서 산들바람을 맞는 장면이 있습니다. 산들바람은 위악적이거나 우리를 두려움에 떨게 하지 않습니다. 포근하게 감싸고 부드럽게 애무하는 존재인데, 예수는 하느님에 대해서 그렇게 생각합니다.

"하느님은 우리의 아버지이십니다. 그분은 모든 고통을 위로해주시고, 모든 상처를 치료해주십니다. 세상에서 우리가 아무리 고통과 굶주림에 심하게 시달리더라도, 그만큼, 아니, 그 이상으로 우리는 천국에서 만족하고, 우리는 기뻐할 것입니다……."

열심당원들은 예수를 조소합니다. 그들이 말하는 구원은 현세의 압제에서 해방되는 것인데 천국에서 만족과 기쁨을 얻을 거라니까 비웃습니다. 물론 예수 그리스도의 생애만 보면 실패한 혁명입니다. 동족에게 밀고당해서 탄압받고 십자가에 못 박혀 죽습니다. 이후 그의 제자들이 지하 교회 운동을 하며 버티다가, 특이하게도 로마 황제가 기독교를 국교로 지정하면서 세계종교가 되는 과정을 밟게 됩니다.

국가종교와 달리 보편종교는 공동체의 한계를 넘어서는 겁니다. 예수가 자임하는 메시아의 역할도 그렇습니다. 이스라엘의 메시아가 아닌 인류의 메시아입니다. 그러니까 예수가 지고자 한 책임은 훨씬 더 크지요. '속박받는 이스라엘인을 해방시키겠다'가 아닙니다. 인류 전체를 해방시키겠다는 겁니다. 예수는 더 큰 야심, 계획을 갖고 있습니다.

사랑과 도끼

막달라 마리아는 예수의 삼촌 랍비 시므온의 외동딸이고 창녀입니다. 안식일을 지키지 않았다는 이유로 열심당원들은 막달라를 심판하려고 합니다. 일종의 인민재판이지요. 모두 그녀에게 돌을 던져 죽이려고 모여 있습니다. 열심당원의 리더 바라빠가 막달라의 등을 짓밟으면서 처단하겠다, 돌로 죽이겠다고 말합니다.

이때 예수는 군중 사이에서 "당신들 중에 죄 없는 이가 먼저

돌을 들어 이 여자를 치시오!"라고 외칩니다. 그러자 한 사람, 제
베대오가 선뜻 나와 섭니다.

"바라빠, 당신 돌멩이를 내게 주시오. 결백한 자는 두려움을
모르니까, 내가 돌을 던지겠소." 그러자 분노한 천민 가운데 한
사람이 "하느님이 계시다는 건 당신도 알잖아요. 당신 손이 마
비될 텐데, 두렵지도 않아요? 가난한 사람들의 권리를 박탈한
적이 없었는지, 돌이켜 생각해봐요. 당신은 고아의 포도밭을
경매에 붙여 판 적이 평생 한 번도 없었나요? 당신은 밤에 과
부의 집으로 몰래 들어간 적이 한 번도 없었나요?"

제베대오는 돌멩이를 들었다가 생각해보니 전력이 있습니다.
돌을 떨어뜨립니다. 그러자 가난한 자들의 무리가 "기적이다!
막달라의 여인은 죄가 없다!" 하고 외치면서 기뻐합니다. 그리스
도의 여정은 기적의 연속입니다. 바라빠가 흥분해서 예수의 뺨
을 때립니다. 그러자 그는 얌전히 다른 쪽을 내밀며 이쪽도 때리
라고 하지요.
예수의 생각을 빌려 카잔차키스는 말합니다.

하느님이 인간과 어울리면 위대한 일들이 일어난다. 인간이
없다면 하느님은 그의 피조물에 관해서 지성적으로 사고하고,
두려워하면서도 염치없이 그의 현명한 전능성을 시험하여 검
토할 이성을 지구상에서 얻지 못했을 터다.

하느님은 인간이 없어도 되는 존재가 아닙니다. 그리스 신들과는 좀 다릅니다. 제우스만 보더라도 인간을 염두에 두지 않습니다. 심지어 보기 싫다고 멸종시킬 계획까지 세웠는데 프로메테우스가 무산시킵니다. 하지만 하느님에게는 인간의 존재가 필수적으로 요청됩니다. 인간과의 교제가 없다면 자신의 전능성을 시험하고 검토할 수 없습니다.

하느님이 없다면 아무런 무기도 지니지 않고 태어나는 인간은 굶주림과 추위로 말살되었겠고, 만일 이 어려움을 모두 이겨내어 살아남았더라도 사자와 이 중간쯤의 괄태충 수준의 무엇이 되어 기어 다녔겠고, 혹시 끊임없는 투쟁 끝에 겨우 뒷발로 일어서게 되었더라도 어머니인 원숭이의 아늑하고, 따스하고, 부드러운 품속을 절대로 벗어나지 못했으리라……

기독교적 관념에서는 하느님이 존재하기에 인간이 동물적 차원에서 벗어납니다. 짐승과 신의 존재 사이에 천상으로 가는 다리로서 인간이 있다고 말합니다. 신 없이는 인간의 삶이 의미가 없습니다. 또한 인간이 없다면 신의 존재 자체도 부족합니다. 이 둘은 함께 있어야 합니다.

예수는 하느님과 인간이 하나가 되리라는 기분을 그 어느 때보다도 깊이 느꼈다.

예수가 의미하는 바는 신인神人이지요. 신적인 존재가 인간의 몸을 빌려서 태어났다가 죽음을 맞이한 뒤 부활해 하늘에 계신다는 것이 기독교의 예수에 대한 믿음입니다. 그때 예수는 인간으로 육화되었다가 다시 신이 된 존재고요.

카잔차키스는 니체가 말하는 초인을 그리스도로 이해합니다. 니체는 그리스도에 대해 배타적인 생각을 가지고 있었기 때문에 연결 짓지는 않습니다. 그렇지만 카잔차키스에게는 동급입니다. 신인 그리스도나 니체의 초인은 같은 모습입니다. 한계를 극복해나가는 인간, 그리고 극복의 길을 보여준 인간, 그 모범이 니체의 초인이고 카잔차키스의 예수입니다.

열심당원들은 무력으로라도 이스라엘을 해방시켜야 한다는 것을 1차 과제로 생각합니다. 그런데 예수는 하느님의 사랑이라는 가르침을 전합니다. 이 작품에서 카잔차키스가 또 하나 변형시킨 것은 사랑과 도끼를 함께 이야기한다는 겁니다. 도끼는 왜 필요할까요? 사랑밖에 없다면 선택지가 없지요. 그리스도에게 가능했던 선택에는 도끼에 의한 심판도 있었던 겁니다. 그렇지만 사랑을 택하지요.

"내가 손에 무엇을 들었는지 보이나요?"

"내 눈에는 아무것도 안 보여요."

"봐요!" 하면서 예수는 팔을 번쩍 쳐들었다. 예수가 손을 높이 들었다가 힘차게 내리자 제자들은 겁이 났다. 유다는 너무 행복해서 눈부신 장미처럼 낯을 붉혀 그의 얼굴 전체에서 빛이 났다.

유다가 바라던 모습입니다. 그가 기대하는 것은 맥 빠진 사랑의 하느님, 원수를 사랑하라는 하느님이 아닙니다. 『벤허』에서처럼 사랑하려면 복수가 먼저입니다. 복수하기 전에 원수를 사랑하라는 것은 납득하기 어렵습니다.

> "내가 와서, 허리를 굽히고, 도끼를 집어 들었어요. 나는 그 일을 하려고 태어났어요. 이제는 썩은 나무를 잘라버려야 하는 내 임무가 시작됩니다. 나는 내가 신랑이고, 꽃이 핀 아몬드나무 가지를 손에 들었다고 믿었지만, 처음부터 나는 나무를 베는 사람이었어요."

과격한 그리스도지요. 유다는 "당신이 도끼를 들고 있는 한 나는 언제까지나 당신 곁에 머물겠어요"라고 합니다. 그리스도가 십자가와 도끼를 다 가졌다면, 유다는 도끼 편에 서고자 합니다. 유다는 계속 '더 강한 자'의 이미지를 가지고 있습니다.

작품 후반부에서는 예수의 가르침 중 모세의 율법을 교정하는 내용도 있습니다. 이제는 다른 율법, 다른 가르침이 필요한데 그것이 형제애라고 합니다. 신앙 아래서 모두가 차별 없이 장벽 없이 형제라는 말입니다. 그것이 인류 전체를 감싸고 예수의 가르침은 제자들을 통해서 전파됩니다. 예수의 설교 장면은 강렬한 메시지를 전달합니다.

"나는 세상에 평화가 아니라 칼을 가져다주러 왔노라. 나는 가정에 불화를 가져다주어 아들이 아버지에게 손을 들고, 딸이 어머니에게 며느리가 시어머니에게 나 때문에 싸우게 하리라. (⋯) 이 세상에서 생명을 구하려는 자 무릇 그것에 이를 것이며, 나를 위하여 덧없는 생명을 버리는 자는 영원한 생명을 얻으리라."

유대사회에 서서히 불안을 불러일으킵니다. 위험하다고 여겨져 그를 제거하려는 음모가 등장합니다. 예수는 본디오 빌라도에게 붙들려 심문을 받게 되지요. 역시 특별한 부분은 유다에게 임무를 주는 겁니다.

"형제여, 유다여, 죽을 사람은 바로 나입니다."

유다가 놀랍니다. "당신은 메시아가 아닌가요?" 유다의 통념에 메시아는 십자가에 매달려 못 박힌다 하더라도 다시 살아나야 합니다. 기적을 연출해야 합니다. 그런데 본인이 제 발로 가서 죽어야 된다고 하니 받아들이지 못합니다.

"나는 온갖 영광과 더불어 돌아와 산 자와 죽은 자를 심판합니다."
"언제요?"

인간적인 궁금증을 유다가 대변합니다. 작품에서 예수는 구원의 계획을 유다에게 설명합니다. 유다가 악역을 떠안고 그리스도가 체포되어 재판받는 내용은 압축적으로만 나옵니다. 바로 십자가에 못 박히는 내용까지 이어지고요. 예수가 마지막으로 유다를 설득하면서 부탁하는 대목이 있습니다.

> "당신은 인내해요, 유다, 내 형제여. 필요하기 때문에, 내가 죽어야 하고 당신이 나를 배반하는 일이 필요하기 때문에, 당신에게 모자라는 힘은 하느님께서 주셔요."

기독교의 공식 입장은 아닙니다. 뒤에서 하느님이 유다를 도왔다는 것. 배신하는 데 심약하면 안 되니 용기를 불어넣어주는 겁니다. 구원의 계획에서 가장 중요한 인물이 유다입니다. 한 명은 못 박혀야 하고 한 명은 밀고해야 합니다. 그 역할을 둘이 분담하지요.

최후의 유혹

> "엘로이, 엘로이" 하고 하느님을 부르고 십자가에 매달린 이는 머리를 떨구고 기절했다.

최후의 유혹이 시작되는 장면입니다. 예수는 십자가에 매달려 기절한 상태에서 잠시 환영을 봅니다. 천사의 유혹을 받았다고 생각했지만 나중에는 악마의 유혹이었다는 것을 알게 됩니다. 실제로는 한순간이지만 긴 시간이 흐르는 것으로 묘사됩니다. 이때 육체의 기쁨, 결혼 생활의 만족감을 맛봅니다. 마지막 유혹에서는 육체적 존재인 예수가 그려집니다. 성서에 없는 예수의 인간적인 욕망이 묘사됩니다. 카잔차키스가 투사한 영육의 투쟁을 체화하는 존재로서 의미가 있습니다.

예수는 목수 라자로가 되어 다른 삶을 삽니다. 여러 여자와 결혼하고 번성합니다. 부인들이 경쟁하듯 아이를 낳습니다. 악마가 꾸며낸 거짓이고 유혹자가 속인 것이라는 힌트가 있지만 문제는 예수가 암시를 받고도 바로 깨어나지 않는다는 것입니다. 마지막에 겁쟁이라는 비난까지 듣고 나서야 정신을 차립니다. 이 장면은 스콜세지 감독의 영화에서 잘 보여줍니다. 못 박힌 다음 윌렘 데포가 연기한 예수가 고개를 떨구는데 천사가 나타나 그를 십자가에서 내려오게 해서 데려갑니다. 그곳엔 막달라가 있고 새로운 생활이 시작됩니다. 유혹이 마무리된 다음 다시금 눈을 뜨니 여전히 자신은 못 박혀 있는 상태 그대로입니다.

> 예수는 고뇌에 찬 눈을 이리저리 굴리며 둘러보았다. 그는 혼자뿐이었다. 마당과 집, 마을의 집들, 마을 그 자체, 모두 사라졌다.

정신을 차린 예수는 "레마 사박타니어찌하여 저를 버리셨나이까"라고 소리칩니다. 즉 처음 두 단어 "엘로이, 엘로이"를 외친 다음 잠깐 기절한 사이에 카잔차키스는 최후의 유혹 장면을 삽입했습니다. 그러고 나서 예수는 모두 생생하게 기억하고 한순간의 환영이었구나, 악마의 마지막 유혹이었구나를 깨닫습니다. 결국 모든 유혹을 극복해낸 것입니다.

결과가 중요하다기보다는 그리스도에게 선택지가 있었다는 것, 마지막 순간까지도 다른 선택을 할 수 있었지만 이 길을 택했다는 것, 말하자면 하느님의 뜻을 수락했다는 사실이 중요합니다. 그때 예수는 주인이 됩니다. 명령을 그저 이행하는 자가 아닙니다. 니체가 운명을 주어진 것으로 생각하지 않고 긍정의 대상으로 삼은 것과 마찬가지입니다. 그때 예수는 승리하는 자가 됩니다. 카잔차키스는 이러한 예수를 그려보고자 했고 그를 위해 최후의 유혹이라는 장치를 만들었습니다.

잠깐 정신을 차린 예수는 '다 이루어졌다'고 말하고 숨을 거둡니다. 사흘 뒤에 부활하겠지요. '다 이루어졌다'는 것은 '이 모든 것이 이제 시작이니라'라는 뜻입니다. 그리스도가 십자가에 못 박혀 숨을 거두며 인간의 생애는 일단락되지만 그때 비로소 새로운 역사가 시작됩니다.

일상을 바라보는
냉철함

서머싯 모옴William Somerset Maugham 1874~1965

William
Somerset
Maugham

삶이냐
예술이냐

"이제 부인에게 애정이 없다는 말입니까?"

"없소, 전혀."

"세상 사람들이 아주 비열하다고 생각할 겁니다."

"상관없어요."

"사람들이 미워하고 멸시해도 상관없단 말인가요?"

"상관없어요."

"하실 말씀이 없으신가요?"

"있소. 당신 참 멍청한 사람이오."

서머싯 모옴의 『달과 6펜스』를 읽어보도록 하겠습니다.

영국은 니체의 허무주의를 따로 필요로 하지 않았습니다. 경험론이라는 영국식 허무주의를 가지고 있었기 때문입니다. 니체의 '망치로 하는 철학'은 별도의 전통이 있는 나라에서 통용되지 않았지만 『달과 6펜스』만 보더라도 니체 철학의 주제를 발견할 수 있는데, 직접 영향을 받았다기보다 독자적으로 문제의식을 가졌다고 생각됩니다.

서머싯 모옴의 전기는 베일에 싸여 있는데 이는 그가 영국 정보국의 비밀 요원으로 활동했기 때문이기도 합니다. 나중에 밝혀진 서머싯 모옴의 영국 정보국 요원 경력은 화제가 되었습니다. 그는 1915년 정보국에 발탁되어 제네바에서 첩보 활동을 했고, 러시아에서도 비밀 임무를 수행했습니다. 당시 몇몇 작가들이 정보기관과 결탁해서 첩보 활동을 했다고 합니다.

영국에는 MI6라는 해외 정보국이 있습니다. 이 기관에서 20세기 전반기의 활약상을 책으로 펴냈는데, 그 기록에 서머싯 모음의 이야기가 나옵니다. 『MI6』라는 굉장히 두툼한 책입니다. 서머싯 모음뿐 아니라 그레이엄 그린, 아서 랜섬 등의 작가들이 MI6 요원으로 활동한 경력이 있다는 것은 흥미로운 사실입니다. 하지만 이러한 이력과 『달과 6펜스』는 관계가 없으며 그의 삶은 작품을 이해하는 데 큰 의미를 가지지 않습니다.

모음은 다작하는 동시에 예술성과 오락성 사이에서 줄타기를 했던 작가입니다. 그런데 비평가들은 한길로 쭉 가는 것을 좋아합니다. 『달과 6펜스』 역시 비평가들의 평가는 박한 편입니다. 그럼에도 서머싯 모음은 많은 독자의 지지를 받고 있습니다.

예술과 대중

『달과 6펜스』는 잘 알려진 대로 폴 고갱의 생애를 모델로 한 작품입니다. 영국의 6펜스짜리 은화는 돈을 상징하고, 달은 꿈이나 이상을 뜻합니다. 제목은 이 두 가지를 대비시킵니다. 서머싯 모음은 『인간의 굴레』에서 사람들이 길에 떨어진 6펜스짜리 동전을 보느라 달을 보지 못한다고 이야기합니다. 이와 달리 『달과 6펜스』의 주인공 스트릭랜드는 달을 보느라 6펜스에 눈을 돌리지 않는 인물입니다. 많은 이가 바닥에 떨어진 동전을 보느라고 달을 보지 않습니다. 둘 다 보면 좋겠지만 스트릭랜드의 말처럼 인생이 짧아서 그게 잘 안 됩니다. 물론 예술적으로 인정받으면서 돈도 많이 번 예술가들이 있지만 스트릭랜드라면 또는 서머싯 모옴이라면 그들을 사기꾼이라고 했을 겁니다. 달이냐 6펜스냐, 일종의 양자택일입니다. 이 작품은 달을 선택했던 인물, 가족이나 호의를 베풀었던 사람에게는 배은망덕한 자로 간주되지만 예술적으로는 인정받은 천재 스트릭랜드의 생애를 제삼자가 기록한 것입니다.

니체는 예술이 삶에 끊임없이 자극을 준다고 생각했습니다. 이런 자극이 없다면 타성적인 삶, 반복되는 삶에 불과할 수 있지요. 그런 점에서 세기 초 모더니스트들의 문학 정신을 서머싯 모옴이 『달과 6펜스』에서 반복하고 있습니다. 예술가들, 진리에 대한 열정에 사로잡힌 사람들, 무언가 발견하고 모색하고 찾아나서고 창조하는 사람들, 이러한 소수의 사람들이 있고 이와 달리 삶에 안주하는 대다수의 사람들이 있습니다.

프랑스혁명 이후, 19세기 중반에 몇 번의 계기를 통해 군중이 문학이나 예술사의 주요한 주제로 부각됩니다. 그 전까지는 예술사에서 대중은 지분을 차지하지 않았습니다. 예술을 감상하거나 예술가를 지원하는 주체는 소수의 귀족계급이었기 때문입니다. 예술가 역시 그들을 위해 작품을 만들고 인정받으려 했습니다.

대중을 직접 상대하게 된 것은 문학사에서 19세기 중반부터입니다. 보들레르가 대표적이라고 할 수 있습니다. 이전에는 귀족이나 부르주아의 후원을 받았고 이들에게 봉사하는 작품을 썼습니다. 그런데 보들레르는 그들로부터 등을 돌립니다. 그렇다면 대중에게 어필하는 작품을 쓰느냐? 그것도 아닙니다. 보들레르는 두 수용자층에 거리를 두고 독자적인 정체성을 확보하려고 합니다.

흔히 말하는 예술의 자율성입니다. 자율성에 대립되는 개념은 의존성이죠. 그런데 예술이 자율성을 얻는 대가로 지불하는 것이 소외입니다. 예술이 독립했다는 것은 사회적 관계에서 고립된다, 소외를 자청한다는 뜻이기도 했습니다. 보들레르 자신이 그랬습니다. 10년 동안 공들여 준비한 『악의 꽃』을 출간했을 때 고발당해서 재판받고 벌금을 물게 됩니다. 하지만 보들레르는 타협하지 않았습니다. 근대 예술가란 어떤 존재인가? 대중과 거리를 두고, 속물적인 귀족이나 19세기 중반 역사의 승자가 된 부르주아계급과 타협하지 않고 독자적인 세계를 스스로 지켜나가는 존재지요. 보들레르가 그 전형을 보여줍니다.

예술에 사로잡힌 영혼

『달과 6펜스』의 스트릭랜드도 마찬가지입니다. 작품에 대한 자부심이 있습니다. 타인의 평가를 귀담아 듣지 않습니다. 중요한 건 자신이 만족할 만한 작품을 그리는 것뿐입니다. 역시 대가는 있습니다. 스트릭랜드는 경제적으로 어려움을 겪습니다. 이 계보의 예술가들이 떠안게 되는 곤란입니다. 이러한 예술가

군이 등장하기 전까지는 후원을 받거나 소멸뿐이었습니다. 그런데 근대 이후의 예술가들은 인정받지 않더라도 버팁니다. 활동의 공간이 생겼지요. 사회적으로 매장되지 않고 주변부에서 조금씩 버텨나갑니다. 그러고는 결국 존재감을 드러냅니다. 폴 고갱 역시 사후에 뒤늦게 천재성이 인정되어 대중적으로 널리 알려지고 예술사에 이름을 각인시킵니다.

'어떤 삶을 살 것인가'에 대해 고민하는 서머싯 모음은 겸손한 작가입니다. 설교하지 않아요. 인생에 대한 지혜, 냉정한 통찰을 간간히 씁니다. 하지만 깊이 파고들거나 장황하게 다루지 않습니다. 독일 문학이나 러시아 문학과 다릅니다. 독일이나 러시아에서는 실마리 하나 잡으면 몇 개 장을 쓰곤 합니다. 영국 작가들은 에티켓이 있어서 두세 줄만 딱 씁니다. 한쪽에서는 깊이가 없다고도 하겠지만 저는 예의 바르다고 생각합니다. 독자를 공연히 무겁게 하지 않고 부담을 주지도 않습니다. 읽는 이가 그 문제에 대해 생각하고 싶으면 알아서 머리를 싸매도록 적당한 선에서 힌트만 던져주고 넘어갑니다. 다만 질문을 던지는 겁니다.

『달과 6펜스』를 읽은 독자라면 절반 이상은 스트릭랜드를 욕할 겁니다. 무책임하고 부도덕한데 걸작을 그리면 다인가? 그리고 나머지는 스트릭랜드를 옹호하겠지요. 이러한 판단의 기회를 던져준다고 생각해요. 작가는 어느 편을 들지 않습니다. 결말을 보면 스트릭랜드가 나병에 걸려서 죽습니다. 이는 누구를 만족시키는 건가요? 소식을 들은 부인과 주변 사람들은 사필귀정이라며 안도하겠죠. 그렇지만 스트릭랜드에게 별 의미는 없어요. 이것이 영국식 균형 감각이 아닌가 싶습니다. 만약 스트릭랜드가 타히티까지 가서 고갱처럼 진짜 삶을 발견하고 행복했다, 하고 끝낸다면 독자들이 당황하겠죠. 대개 읽는 이는 그런 바람이 있다 하더라도 스트릭랜드처럼 살기 어렵습니다. 그렇다면 독자들은 부담스러울 수 있습니다. 서머싯 모옴은 이런 부담을 덜어줍니다. '나병으로 죽었어' 하니 그럼 그렇지, 안도하게 됩니다.

반면 스트릭랜드에게 살고 죽는 것은 중요하지 않습니다. 자신이 걸작을 그릴 수 있는가 없는가만이 중요합니다. 그리고 한 점이라도 그렸다면 만족하고, 삶을 정당화할 수 있어요. 삶에 의미를 부여할 수 있습니다. 주변에서는 예술에 대한 열정에 사로잡혀 있기 때문이라고 정확하게 보고 있지요.

내 안의 스트릭랜드

나는 그들의 삶을 머릿속으로 그려보았다. 골치 아픈 모험에 시달려본 적이 없고, 정직하고 점잖다. 또한 의젓하고 귀여운 두 아이들 덕분에 그들 종족과 계급의 정상적인 전통이 운명처럼 이어지리라는 것도 의심할 수 없었거니와, 그것도 전혀 의미가 없지는 않았다. 그들은 서서히 늙어갈 것이며, 아들과 딸은 성년이 되어 때가 되면 결혼하게 될 것이다. 한쪽은 예쁜 아가씨로 자라 장차 건강한 아이들의 어머니가 될 것이고, 한

쪽은 잘생기고 사내다운 남자로 자라 틀림없이 군인이 될 것이다. 그리고 마침내는 풍족한 가운데 품위 있게 은퇴하여 자식들의 사랑을 받으면서 행복하고 보람 있는 생활을 마음껏 누리다가 무덤에 묻힐 것이다.

타히티로 떠나기 전의 스트릭랜드도 예측 가능한 삶을 살았습니다. 중산층이 꿈꾸는 행복한 가정, 스위트홈의 모델이었습니다. 하지만 스트릭랜드는 이런 집에 돌멩이를 던집니다. 가출한 것이지요. 아내는 그의 가출을 이해할 수 없어 이해할 수 있는 시나리오로 바꿔놓습니다. 여자와 눈이 맞았다, 댄서와 눈이 맞아서 도피 행각을 벌인 거다 등등. 중산층적 세계관에는 이러한 해석의 코드가 있습니다. 스트릭랜드의 가족은 이 코드에 따라서 그를 이해하고자 합니다.

어릴 때부터 유별나게 예술가 기질을 타고났다가 뛰어난 화가가 되었다면 양해가 됩니다. 그런데 고갱도, 스트릭랜드도 중산층의 라이프스타일을 누리던 내부자였어요. 그러다가 갑자기 밖으로 튕겨 나간 겁니다. 이해할 수 없는 선택을 하고 이해할 수 없는 말을 합니다. 내부자들에게 예술은 삶을 기품 있게, 윤기 있게 하는 것으로 충분합니다. 이들에게 예술은 목적이 아니라 수단이자 교양으로 필요한 것입니다. 그런데 스트릭랜드는 그걸 초과해버렸지요. 스트릭랜드나 고갱의 경우는 수단과 목적이 바뀌었습니다. 니체에 따르면 '가치의 전도'입니다. 삶과 예술의 위계가 뒤집히는 겁니다.

스트릭랜드에게는 예술이 우선적인 가치이고 삶은 중요하지 않습니다. 스트릭랜드가 내부자였다가 뛰쳐나왔다는 것은 공포를 줄 수 있습니다. 이 작품을 읽을 때 독자들이 가질 수 있는 당혹감이기도 합니다. 이 인물의 문제성은 내부에서 튕겨 나갔다는 것입니다. 그렇다면 우리 자신에게도 자문하게 합니다. 내 안에 스트릭랜드가 있는가 없는가.

스트릭랜드는 현실적입니다. 마흔이 되었고 생의 시간이 얼마 남지 않았으니 삶과 예술을 둘 다 잡을 수 없다면 선택을 해야 합니다. 무엇을 할 것인가? 선택하지 않는다면, 니체의 개념에 따르면 노예의 삶이죠. 원하지 않지만 의무로 사는 겁니다. 차라투스트라가 말하는 낙타의 삶입니다. 스트릭랜드가 '나는 그림을 그리고 싶소' 하며 집을 나올 수밖에 없었던 것은 최소한 자신이 원하는 삶을 살려는 의지입니다.

낙타의 삶을 사느냐, 사자의 삶을 사느냐? 더 나아가면 어린 아이의 삶이 됩니다. 스트릭랜드는 더 이상 시간이 없다고 판단했기 때문에 단호하게 나아갑니다. 여기에 덧붙이는 것은 도덕적인 한계와 구속을 넘어서는 것입니다. 당연히 비난받습니다. 하지만 스트릭랜드는 초연합니다. '미안하기는 해'도 아닙니다. '내가 왜 미안해야 하지?' 이렇게 대꾸합니다. 가장으로서 아버지로서 그리고 남편으로서 17년 동안 할 만큼은 했다는 겁니다. 다만 가족들은 생각지도 못한 행동에 큰 충격을 받습니다. 서로 차원이 다르니까 위상학적으로 보면 만날 수도, 이해할 수도 없습니다.

저주받은 존재

　작중 화자가 스트릭랜드와 대화하는 장면은 여러 번 나옵니다. 그런데 말이 안 통합니다. 공통의 코드가 없고 각자의 말을 할 뿐입니다. 화자는 도덕적인 비난도 하고 책임도 운운합니다. 칸트까지 들먹이죠. 내 행위의 준칙이 보편적 입법의 원리에 타당하도록 행동하라, 칸트의 정언명령입니다. 그런데 스트릭랜드는 일언지하에 "내가 왜 그래야 되오?"라고 합니다. 칸트가 요구하는 것은 자기 행위의 규칙입니다. 그리고 그것이 보편성을 갖게 하라는 겁니다. 칸트의 주문은 내가 아닌 누구라도 나와 같은 입장이라면 동일한 선택을 할 것이며 그것이 옳은 선택이라는 겁니다.

　스트릭랜드는 이를 대번에 기각해버립니다. 예술가는 다수가 아니라 한 개성으로 존재하는 것입니다. 유일한 나를 입증하고자 합니다. 내 안에는 인간이 가진 두 가지 면이 있습니다. 하나는 보편적인 인류로서의 측면입니다. 우리는 각자 개인으로 존재하지만 인류의 일원인 동시에 각자가 전체 인류의 한 견본입니다. 70억 인구의 삶을 우리가 전부 살 수는 없어요. 한 개인의 삶을 삽니다. 그런데 동시에 인류의 삶을 삽니다. 개인이면서 인간이기 때문입니다. 우리 안에는 개별성과 보편성이 다 있습니다. 그런데 윤리가 주목하는 것은 개인적 일탈이 아니라 보편성입니다.

　그런데 예술은 정반대예요. 개별성을 중요시합니다. 인류에 대한 사랑이 아니라 자신에 대한 사랑입니다. 루소가 말한 자기 애입니다. 루소는 자기애와 경쟁애를 구분합니다. 자기애는 기본적인 차원에서의 자기 자신에 대한 사랑입니다. 일단 먹어야 합니다. 그래야 생존을 할 수 있으니까. 만족을 얻기 위해서는 기본적으로 자기애가 있어야 하지요. 하는 일마다 스스로를 학대하고 괴롭히면 곤란합니다. 보통은 본래부터 가지고 있는 겁니다.

그런데 타인의 우위에 서고자 하는 경쟁애는 2차적입니다. 타인과 비교해서 만족감을 얻는 겁니다. 자기 자신에 대해서도 마찬가지입니다. 자신을 사랑하는데 왜 사랑하는가? 내가 우월하기 때문에. 자신을 타인과 비교해서 사랑하려면 타인의 평가가 중요한 관심사가 됩니다. 스트릭랜드를 이기적이라고 하는데 이는 자기애에 기초한 이기주의입니다. 스트릭랜드는 스스로를 누구와도 비교하지 않아요. 그림을 그리고 싶다, 걸작을 그릴 수 있는가? 그의 관심사는 자기 자신뿐입니다.

다만 스트릭랜드는 자신의 기준에 미달하면 만족하지 못합니다. 더 나은 그림을 그릴 수 있다면 그 지점까지 계속 가야 합니다. 스트릭랜드는 목적을 성취한 삶을 살았습니다. 걸작을 그리고자 했고, 그렸지요. 나병 환자가 쓰던 물건이니 보존은 안 되겠죠. 그림을 불사릅니다. 스트릭랜드에게 남들이 아는 것보다 중요한 것은 자신이 아는 겁니다. 많은 사람에게 기억된다거나 비싸게 팔리는 것은 중요하지 않고 관심사도 아닙니다.

이 두 관점을 중재하는 제삼의 시점은 작품 속에 없습니다.

대비만 시킵니다. 예술가로서 천재성을 가졌다는 것은 세속적 기준으로는 저주받은 존재나 마찬가지입니다. 보들레르의 유명한 시 중 「알바트로스」가 있습니다. 알바트로스는 갈매기보다 덩치가 조금 큰 바닷새입니다. 창공을 날 때 무척 기품 있습니다. 날개도 크고 높은 곳에서 유유히 나는 모습이 하늘의 왕자 같습니다. 알바트로스가 어쩌다 선원들에게 잡혀 놀림거리가 됩니다. 천상에서는 왕자였는데, 지상에서는 한갓 놀림감밖에 되지 않습니다. 이것이 '저주받은 시인'의 모습입니다. 뛰어난 시인이지만 세속적인 기준으로 보면 배은망덕한 자식에다가 금치산자가 되는 겁니다. 화해의 여지가 없습니다.

삶을 위한 예술, 예술을 위한 예술

소설의 이야기를 따라가보지요. 원래 스트릭랜드는 한 명의 사회구성원으로서 평범하게 살았습니다. 그러던 어느 날 느닷없이 모든 걸 버리고 파리로 떠납니다. 화자가 스트릭랜드 부인의 부탁을 받고 파리로 가서 그를 대면하게 됩니다.

> "나는 아내를 17년 간 먹여살려왔소. 그러니 이제 자기도 혼자 힘으로 살아볼 수 있잖나?"
> "혼자 살 수 없어요."
> "살아보라고 해요."

"이제 부인에게 애정이 없다는 말입니까?"

"없소, 전혀."

"세상 사람들이 아주 비열하다고 생각할 겁니다."

"상관없어요."

"사람들이 미워하고 멸시해도 상관없단 말인가요?"

"상관없어요."

"하실 말씀이 없으신가요?"

"있소. 당신 참 멍청한 사람이오."

대화가 안 됩니다. 서로 다른 코드에 있기 때문입니다. 인연이 이어져서 화자는 타히티까지 방문하는 등 스트릭랜드의 행적을 지켜봅니다. 화자가 아내는 여자와 도주한 거라고 생각한다니까 스트릭랜드는 비웃습니다. 잠깐 언급하자면, 서머싯 모옴은 여성 혐오주의자라는 비판을 받습니다. 적어도 이 작품에서는 그런 면이 있습니다. 유럽 문명 세계의 모든 여자에 대한 묘사는 부정적이고 신랄합니다.

"여자들이란 기껏 생각한다는 게 그런 것뿐이야. 애정, 그저 언제나 애정이지. 남자가 자기를 버리면 꼭 딴 여자 때문이라고 생각한다니까."

스트릭랜드는 자신이 그림을 그린다는 것 자체를 아내가 이해할 거라고 생각하지 않습니다. 그래서 통보만 하고 그냥 떠납니다. 스트릭랜드는 평범한 시각으로 보면 악행이라 부를 만한 일도 서슴지 않아요. 그는 가난에 쪼들리지만 굶주림과 질병으로 쓰러졌을 때조차 그림 팔 생각을 않습니다. 네덜란드인인 더크 스트로브라는 흥미로운 인물이 등장하는데 선량하고 성실한 인간입니다. 아마추어 화가이며 뛰어난 안목을 가졌습니다. 자기 그림에 대해서만 제외하고.

스트릭랜드가 스트로브에게 20프랑을 빌리러 왔습니다. 그런데 집에 데려가서는 자기 그림을 보여줍니다. 한마디 코멘트를 듣기 위해서지요. 그림을 다 본 다음 스트릭랜드는 '20프랑을 빌리러 왔다'고 합니다. 그리고 돈 받아서 갑니다. 한마디도 하지 않았다는 것, 존재 자체를 인정하지 않은 거죠. 그래서 스트로브의 아내 블란치가 스트릭랜드를 아주 싫어하는데, 스트로브는 쓸데없는 오지랖으로 호의를 베풉니다. 아내를 가까스로 설득해서 아픈 스트릭랜드를 집으로 데려오고 병간호를 부탁합니다. 그런데 둘은 눈이 맞아버려요.

화자는 둘의 관계를 보고 추정합니다. 스트로브 부인은 원래 스트릭랜드에게 끌렸지만 두려움 때문에 거부했을 것이다, 병간호를 하며 자연스럽게 스킨십이 일어나 그 어떤 욕망이 작동한 거다, 이렇게 해석합니다. 스트로브로서는 뒤통수 맞은 격인데, 이 역시 전형적입니다. 통상적인 도덕률에 따르면 스트로브는 은인입니다. 말 그대로 스트릭랜드는 은혜를 원수로 갚은 것이지요. 그는 스트로브가 숭배하는 아내를 눈앞에서 데려가버립니다.

물론 스트릭랜드도 자신이 원했던 일은 아니고 스스로도 놀랐다고 말합니다. 다툼 끝에 스트릭랜드가 나가겠다고 하니 스트로브의 아내는 자기도 따라 나가겠다고 합니다. 독자가 두 번째로 놀라는 대목입니다.

> "제발 저를 조용히 보내주세요. 더크. 모르시겠어요? 제가 스트릭랜드 씨를 사랑한다는 것을? 저이가 어디로 가든 전 저일 따라갈 거예요."

스트로브가 주르륵 눈물까지 흘리며 다가가니 아내는 손도 대지 말라고 합니다. 이 부분은 상당히 코믹합니다. 스트로브의 눈앞에서 아내가 주섬주섬 짐을 싸며 떠나겠다고 합니다. 그런데 스트로브는 아내를 너무 사랑해서 고생하는 것을 못 보겠다며 자신이 나가겠다고, 짐을 싸달라고 해서 본인이 나갑니다. 기다릴 테니까 언제든지 다시 돌아오라고도 합니다. 그런데 블란치는 스트릭랜드에게 버림받고 자살합니다. 그 뒤 스트로브가 집에 가보니 아내의 누드화가 있습니다. 홧김에 그림을 찢어놓으려는데 걸작이에요. 서머싯 모옴이 얼마나 짓궂은 작가인지 알 수 있습니다. 스트로브가 안목이 없으면 좀 낫습니다. 그림을 찢으려다 걸작이니까 어쩌지를 못합니다.

스트릭랜드가 스트로브의 아내와 동거한 이유는 다른 계산이 있어서가 아니라 모델을 삼기 위해서였습니다. 생이 조금 더 길었더라면 예술도 하고 사랑도 했겠지만 그림 그릴 시간조차

너의 운명으로 달아나라

부족합니다.

> "나도 남자니까 때론 여자가 필요해요. 하지만 욕구가 해소
> 되면 곧 딴 일이 많아. 난 욕망을 이겨내지는 못하지만 그걸
> 좋아하지는 않아요."

여자들이란 사랑을 터무니없게 중요하게 생각한다, 그래서
남자들에게 사랑이 인생의 전부인양 믿게 하고 싶어 한다, 나도
관능은 알지만 그건 건강한 것이다, 하지만 사랑은 병이다. 그러
니까 관능은 OK, 그런데 사랑은 NO. 이것이 스트릭랜드의 생각
입니다. 앞서 서머싯 모옴이 여성 혐오적인 시각을 가지고 있다
고 했는데, 스트릭랜드는 이렇게 말합니다.

> "여자는 사랑을 하게 되면 상대의 정신을 소유하기 전까지
> 는 만족할 줄 몰라. 약해서 지배욕이 강하지. 지배하지 않고서
> 는 만족하지 못해. 여자는 마음이 좁아요. 그래서 자기가 모
> 르는 추상적인 것에는 화를 내는 버릇이 있어."

블란치도 예전 아내처럼 차츰 비슷한 수작을 걸었다는 겁니
다. 그를 자기 수준으로 끌어내리고 싶어 했고 그가 자기 것이
되어주기만을 바랐다는 거예요. 물론 그를 위해서라면 무슨 일
이든 하려고 했지만, 정작 그가 가장 원하는 것 한 가지만 빼놓
습니다. 혼자 있는 것을 허용하지 않았다는 겁니다.

스트릭랜드와의 관계가 깨지고 나자 블란치는 자살했습니다. 화자가 그를 찾아가서 비난하지만 여전히 대화는 통하지 않습니다.

> "목숨이란 아무런 가치도 없어요. 블란치 스트로브는 나한테 버림을 받아서 자살한 게 아냐. 어리석고 균형 잡히지 않은 인간이라 그랬지. 자, 이제 그만하면 그 여자 이야기는 충분하오. 전혀 중요할 것 없는 사람이니까."

아주 냉정합니다. 버림받은 충격으로 자살했기 때문에 자신의 책임이라니, 그건 말도 안 되며 그 여자 문제라는 겁니다. 제 풀에, 자기 욕심에, 욕망이 충족되지 않으니까 그에 대한 자해라고 말합니다.

> "죽음에 대해 생각해본 적이 있나요?"
> "내가 왜? 그게 왜 중요하단 말인가?"

삶을 위한 예술 대 예술을 위한 예술. 이 사이의 긴장감이 『달과 6펜스』에서는 어느 쪽으로도 모이지 않습니다. 그 가운데 자기 자리를 모색하는 것이 중요한 의미가 있다고 생각합니다. 그런 점에서 이 작품은 독자가 어느 지점에 서야 하는가 시험에 들도록 합니다. 스트릭랜드의 편에 서느냐 아니면 비난하고 반대편에 서느냐. 서머싯 모옴의 좋은 문제제기만으로도 이 작품은 충분한 의미가 있다고 생각합니다.

열정이라는 병

부랑자로 지내던 스트릭랜드는 배를 얻어 타고 타히티로 갑니다. 비로소 예술가로서 만족을 느낍니다. 화자는 스트릭랜드가 타히티에서 지낸 3년 동안이 가장 행복했을 거라고 추정합니다. 그는 화가이고, 그림을 그릴 수만 있으면 되었으니까요.

작품의 결말에서 스트릭랜드에 대해 타히티의 의사가 정확하게 진단합니다.

> "스트릭랜드를 사로잡은 열정은 미를 창조하려는 열정이었습니다. 그 때문에 마음이 한시도 평온하지 않았지요. 그 열정이 그 사람을 이리저리 휘몰고 다녔으니까요. 그게 그를 신령한 향수에 사로잡힌 영원한 순례자로 만들었다고나 할까요."

의사의 진단으로는 열정이라는 병에 사로잡힌 사람이 있다는 겁니다. 생계를 잇기 위한 예술이 아닙니다. 예술을 위해서 사는 거지요. 스트릭랜드라는 사람이 전형적으로 그렇습니다.

> 그림에 대해서는 아무것도 몰랐지만 이 그림들엔 이상하게도 그를 감동시키는 무엇이 있었다. (…) 감추어진 자연의 심

연을 파헤치고 들어가, 아름답고도 무서운 비밀을 보고 만 사람의 작품이었다. 그것은 사람에게는 허락되지 않은 신성한 것을 알아버린 이의 작품이었다. 거기 있는 원시적인 무엇, 무서운 어떤 것이 있었다. 인간 세계의 것이 아니었다. 악마의 마법이 어렴풋이 연상되었다. 그것은 아름답고도 음란했다. (…) 맙소사, 이건 천재다.

화가가 되고자 했던 스트릭랜드의 성취, 걸작을 그렸고 예술가적 천재성을 발휘한 것이지요. 그는 불행하지 않았습니다. 원하는 경지의 예술을 얻었기 때문입니다. 필생의 역작을 오두막 벽에 그립니다. 그리고 불태워달라는 유언을 남깁니다. 나중에 전처에게 스트릭랜드의 이야기가 전달되는데 희화화됩니다. 주변에서 스트릭랜드가 천재적인 화가로 평가되니까 갑자기 천재 부인이 된 것이지요. 인터뷰도 합니다. 다시 이쪽 세계 이야기로 작품은 마무리됩니다.

스트릭랜드에게서 삶과 예술은 전혀 관계가 없습니다. 달과 6펜스만큼 먼 거리지요. 6펜스가 어떻게 달에 갈 수 있나요? 도저히 만날 수 없음을 보여줍니다. 물론 가정과 행복을 저버리고 훌륭한 무엇인가를 얻는다한들 무슨 의미가 있느냐고 생각하는 사람도 많을 것입니다. 하지만 모든 이가 가정과 개인의 행복만을 최고의 가치로 추구했다면 이러한 인물은 나올 수 없었겠지요.

다시 오래된 질문으로 돌아갑니다. 이 작품은 고갱을 모델로

한 스트릭랜드의 삶을 사례로서 제시하고 독자로 하여금 생각해 볼 기회를 갖게 합니다. 그런데 짓궂은 질문입니다. 달이냐 6펜스 냐. 단, 둘 다 가질 수는 없습니다. 이 작품의 핵심은 '선택해야 한다'는 것입니다.

통속소설을
넘어서

"우리가 살고 있는 이 세상을 역겨움 없이 바라볼 수 있도록 만드는 유일한 것은 인간이 이따금씩 혼돈 속에서 창조한 아름다움이란 생각이 들어요. 그들이 그린 그림, 그들이 지은 음악, 그들이 쓴 책, 그들이 엮은 삶. 이 모든 아름다움 중에서 가장 다채로운 것은, 아름다운 것은 삶이죠. 그건 완벽한 예술 작품입니다."

『인생의 베일』은 모옴의 걸작으로 평가받지는 않습니다. 통속소설로 분류되지만 그 기준을 상당히 높인 작품이라고 생각합니다. 인물 중심으로 서술되고 키티와 남편 월터 및 키티와 정부 찰리와의 관계를 다룹니다. 이들이 놓인 시대 상황에 대해서는 자세히 나오지 않습니다. 소설에 요구되는 당대 사회상의 총체적인 묘사 및 재현의 기준을 충족시키지 않을 때 보통 통속적이라고 부릅니다. 이러한 제한성을 수용하면 그 범위 안에서 굉장히 단단하게 쓰인 작품이라고 할 수 있습니다.

베일을 올리지 마라

원제는 '페인티드베일The Painted Veil'입니다. 번역본 제목은 '인생의 베일'인데 셸리의 시 「오색의 베일, 살아 있는 자들은 그것을 인생이라고 부른다」를 인용한 것입니다. 첫 구절의 내용은

'페인티드베일, 오색의 베일을 들어 올리지 마라'입니다. 페인티드베일은 인생과 동의어이자 인생의 베일이기도 합니다. 이 베일을 걷어 올리면 무엇이 있는가? 베일을 걷어낸 실상, 맨얼굴. 이것이 무엇인지를 다룬 작품이 『인생의 베일』입니다. 이 책은 특이하게 모옴이 작가의 말을 앞에 붙였습니다. 단테의 『신곡』에서 영감을 얻었다고 하며 예외적으로 인물보다 이야기를 먼저 구상했다고 말합니다.

　『신곡』의 연옥편을 인용하는데 지옥과 연옥을 떠도는 망령이 단테에게 이야기합니다.

> "나 피아를 기억해주세요. 시에나에서 태어나 마렘마에서 죽었나니."

　피아라는 여자는 자신이 죽은 경위를 남편이 알고 있다고 합니다. 남편은 아내의 부정을 의심했지만 처가 식구들이 무서워 피아를 마렘마에 있는 자기 성으로 데려가서 독가스로 죽이려고 했습니다. 그런데 너무 오래 걸려 조바심이 나서 창밖으로 던져 죽였다는 내용입니다. '아내의 부정을 의심해서 남편이 죽였다', 모옴은 이러한 전설을 가진 시 구절이 최초의 발상이라고 설명합니다.

　이 착상에, 중국을 여행한 스토리를 결합시킵니다. 중국을 배경으로 한 부부간의 불륜을 한번 써보자, 평범한 인물인 세균학자 남편과 어머니 성화와 본인의 조바심 때문에 사랑하지 않는 남자와 결혼한 여자. 그들의 결혼 생활은 어떻게 진행될까? 설정은 통속적입니다.『마담 보바리』『안나 카레니나』『주홍글자』『채털리 부인의 연인』등 4대 간통소설(제가 붙인 말입니다.)을 가리켜 통속적이라고 하지 않습니다.『안나 카레니나』만 보더라도 그 시대의 사회상을 보여주기 때문입니다.

모옴은 욕심이 없었을까? 그는 겸손합니다. 그러한 책을 쓰려면 작품 수를 줄여야 하고 품도 많이 들어갑니다. 그 대신 작가는 이른바 통속적인 작품을 많이 쓰는 쪽을 선택한 듯합니다. 거의 해마다 장편소설을 발표합니다. 그중 몇 편은 문학사에서 언급될 만한 수준을 보여주고요. 그렇지만 상당수의 작품은 비평가나 연구자들에게 주목받지 못했고『인생의 베일』역시 많이 연구되고 있지 않습니다.

작가가 설명을 붙여놓았으니 그 내용도 잠깐 살펴보겠습니다. 이 작품은 이야기를 출발점으로 삼아 쓴 유일한 소설이라고 합니다. 인물 간의 관계와 줄거리, 어떤 것이 우선인가에 따라 이야기가 달라질 수 있습니다. 어떤 인물은 그 자체로 이야기를 품고 있습니다. 인물을 구상하는 순간 이야기가 자연스럽게 흘러나옵니다. 이와 달리 스토리가 먼저일 때 인물은 비중이 약해지고 기능적이 됩니다. 키티, 월터가 아닌 누구여도 됩니다. 모옴이 굳이 써놓은 것은 독자에게 초점을 인물보다 이야기에 맞추어달라는 주문처럼 여겨집니다.

모옴은 해프닝을 하나 소개합니다. 원래 주인공 이름은 레인이었는데, 소송에 걸려서 벌금을 내고 페인으로 바꾸었다고 해요. 실제로 레인이라는 사람이 있어서 문제가 된 것입니다. 불륜 관계 때문에 벌어진 이야기를 다루다 보니 같은 성이면 오해받을 수 있다고 해서 이런 일이 일어났어요. 이 사연 때문에 작가의 말을 덧붙인 듯합니다. 굳이 레인이어야 할 이유가 없었던 것이지요.

결혼 생활을 끝내고 임신한 채 집으로 돌아온 키티는 아버지에게 어머니에 대한 원망을 풀어놓습니다. 딸을 낳는다면 자신과 다르게 키우겠다고 다짐합니다.

이 내용은 마지막 장면입니다.

> "난 딸이었으면 좋겠어요. 제가 범한 실수를 그 애가 저지르지 않도록 잘 키우고 싶기 때문이에요. 어릴 적 모습을 돌이켜 보면 제 자신이 싫어요. 하지만 제겐 기회란 게 전혀 없었어요. 내 딸은 자유롭고 자기 발로 당당히 설 수 있도록 키울 거예요."

거꾸로 말하면 자신은 당당히 설 수 있도록 양육받지 않았기 때문에 잘못된 선택을 했다는 것입니다. 그 내용은 "나는 그 아이를 세상에 던져놓고는 사랑한답시고 결국 어떤 남자와 잠자리를 갖기 위한 여자로 키우기 위해 평생도록 입히고 먹일 생각은 없어요"입니다. 사랑한답시고 어떤 남자와 잠자리를 갖는 여자, 자신을 그렇게 보는 겁니다.

아버지에게 이렇게 덧붙입니다.

너의 운명으로 달아나라

"저는 바보였고, 사악했고, 가증스러웠어요. 그리고 끔찍한 형벌을 당했죠."

콜레라가 창궐한 중국의 오지 메이탄푸로 갔다가 본인만 살아남고 남편은 콜레라에 걸려 죽었습니다. 이를 자신이 받은 형벌이라고 합니다.

"나는 그 애가 거침없고 솔직하기를 바라요. 그 애가 스스로의 주인으로서 독립된 인격체이길 바라고 자유로운 남자처럼 인생을 살면서 저보다 더 나은 삶을 살기를 바라요."

딸이 흥분하니까 아버지는 아직 인생이 많이 남았다고 다독입니다. 물론 키티는 성장한 모습을 보여주기는 합니다. 그렇더라도 결의만 보자면 이전까지의 삶, 어떠한 깨달음을 얻기 전의 삶에 대해서 상당히 부정적인 태도를 가지고 있다는 것을 알 수 있습니다.

이 소설은 주인공 키티가 깨달음에 도달하는 과정을 다룹니다. 제목에서 가져오면 인생의 베일, 페인티드베일을 한 번 들어올려본 것. 무대에서 배역에 맞게 공연하듯 살다가 죽을 수도 있었습니다. 그런데 의도하지 않게 키티는 베일을 한 번 들추어봤고 그녀의 삶은 그 전과 후로 나뉩니다.

욕망의 실상

동양사상 도道에 관한 내용이 등장합니다. 하지만 모옴은 깊이 들어가지는 않습니다. 적당한 선에서 언급만 하고 빠져나옵니다. 노자나 도가 사상은 니체의 허무주의와 비슷합니다. 니체의 『반시대적 고찰』[1873]을 보면 한 편이 쇼펜하우어론입니다. 쇼펜하우어의 유명한 주저 『의지와 표상으로서의 세계』[1819]의 '표상'에 해당하는 것을 베일에 비유할 수 있습니다. '의지'는 실체입니다. 쇼펜하우어가 보기에 이 세계의 표상을 들어 올리면 그 안에 세계를 구성하는 실체가 있어요. 바로 맹목적인 의지입니다. 니체는 '힘의 의지' '권력 의지'라고 말합니다. 장막을 걷어 올리면 이런 의지들이 들끓고 있어요. 내리면 무대가 있습니다. 그곳에 우리가 살고 있습니다. 현상이면서 가상입니다. 이 가상 너머에 있는 진짜는 무엇인가? 의지 혹은 욕망입니다. 욕망은 인격과는 관계없는 어떠한 힘, 에너지입니다.

키티의 경험을 따라가다 보면 장막의 겉과 속을 경험하게 됩니다. 말하자면 키티는 표상을 젖힌 삶의 실체 그리고 자기 욕망의 실체를 봅니다. 욕망과 '나'가 일치하지 않지만 결국 자기 몸이고 자기 욕망이지요. 키티의 불륜 때문에 월터와 키티가 서로 속내를 드러내는 장면이 있습니다. 만약 사건이 불거지지 않았다면 모른 채 지나갔을 것입니다. 하지만 이를 들여다보는 예외적인 경험을 한 주인공 또는 주인공 부부를 다룹니다. 제목과 주제만 보면 무거운 작품입니다. 주제 자체가 부담스러운데 내용까지 사변적으로 갔다면 읽기 어려웠을 텐데 모옴은 이를 가벼운 터치로 다룹니다.

마지막 대목을 조금 더 보면, 키티는 아버지에게 자신은 집을 떠났을 때의 키티가 아니라고 말합니다. 아버지와는 상당히 오랜만에 만난 것인데, 어떤 차이가 있을까요? 줄거리만 보면 키티는 결혼해서 사별하고 중국에 다녀온 것입니다. 그런데 그 이상의 경험을 했다고 합니다. 베일을 들추고 욕망의 실상을 들여다보았다는 말입니다. 허무이자 공空이며 무無이기도 합니다. 여러 가지로 변주할 수 있습니다. 이런 것을 본 이상, 전과 같을 수는 없겠지요.

또 하나의 베일은 남편 월터가 아내 키티의 부정에서 본 것입니다. 기대치가 있었을 텐데 들여다보고는 실상이 최소한에도 미치지 못한다는 것을 알게 되었을 때 베일이 거두어집니다. 만약 이 부부가 그러한 경험을 하지 않았다면 찰리 타운센트 부부처럼 되었겠지요. 전략적으로 상부상조하는 부부입니다. 이들은 성공할 수도 있을 겁니다. 처세술이 좋으니 나중에는 총독까지 될지 모릅니다. 그리고 모험하지 않습니다. 가족에 대해 통제할 줄도 알며 베일 너머를 굳이 들여다보려고 하지 않습니다. 월터와 키티 부부는 무리해서 들여다보았고 이 과정을 독자가 따라가게 되며 이야기는 파국에 이릅니다.

베일을 들추기 전의 키티는 나약하고 한심하고 비열한 여자였지만 지금은 아닙니다. 확연히 달라졌고, 다시 시작할 기회를 달라고 말합니다. 그 기회가 바로 서로 살갑지 않았던 아버지와의 화해입니다.

베일 너머의 세계에서 발견한 것

　다시 소설의 첫 장면부터 보겠습니다. 키티와 정부가 밀회하던 중 누군가가 문고리를 잡고 열려고 합니다. 남편이었지요. 월터는 이를 응징하는 차원에서 콜레라 발생 지역 메이탄푸의 의사로 자원하고 키티의 동행을 요구합니다. 일종의 거래입니다. 동의하지 않아도 되는 조건은 정부 찰스와 바로 결혼하는 것입니다. 찰스가 자신의 아내와 이혼하고 일주일 안에 키티와 결혼하면 허용해주겠다는 제안을 합니다. 물론 계산은 있습니다. 찰스 타운센트는 절대 그럴 인물이 아니라는 것.

　그런데 키티는 찰스를 정말 사랑하기 때문에 그와의 결혼을 기대하며 의논하러 갑니다. 남편의 생각대로 찰스는 이혼할 의사가 없었고요. 키티의 반응에 의아하게 생각합니다. "당신도 이혼을 원했던 것은 아니잖아?" 키티가 철저하게 오판했던 겁니다. 남편도 이미 알고 있는 것을 그녀는 보지 못했습니다. 다른 선택지가 없어 콜레라 발생 지역으로 동행합니다. 역시 이야기의 출발점은 키티의 욕망입니다. 남편과의 관계, 결혼이라는 제도적 규범에 구속되지 않으려는 욕망. 나중에 키티는 욕망에 대해 부정적으로 생각해요.

　이는 쇼펜하우어적 깨달음이기도 합니다. 쇼펜하우어는 모든 맹목적인 의지가 인간을 고통과 불행으로 몰고 간다고 말합니다. 이에 대한 쇼펜하우어의 제안은 체념입니다. 니체는 쇼펜하우어를 일컬어 '삶의 교육자'라고 합니다. 독일 철학자니까 니체와 쇼펜하우어가 연속적이라고 생각할 수 있지만 사실 니체는 쇼펜하우어의 책을 서점에서 우연히 발견합니다.

당시 쇼펜하우어는 유명하지 않았습니다. 헤겔이 간판 철학자였지요. 베를린대학에서 쇼펜하우어가 헤겔과 같은 시간에 강의를 개설하는 바람에 학생들이 전부 헤겔 강의를 들으러 가버립니다. 강의 개설할 때 보통은 유명 강사와 같은 시간대는 피하는데, 쇼펜하우어는 자존심이 있어서 항상 헤겔의 시간에 맞추어 강의를 열었습니다. (조금 하다 때려치웁니다.) 학생들은 항상 없었어요. 그렇더라도 상속받은 유산이 있어서 사는 데 별문제는 없었습니다. 미식가로서 잘 살았습니다. 그런 그의 인생관의 핵심이 체념입니다.

삶의 본질이 무엇이냐? 표상과 의지로 구성되어 있는데 맹목적 의지는 욕망으로 바꿔도 됩니다. 욕망은 우리를 항상 파멸로 몰고 가니 억제해야 합니다. 성에 대한 욕망도 마찬가지입니다. 온갖 종류의 욕망, 의지를 다 거부합니다. 이것이 쇼펜하우어적 염세주의입니다. 이를 니체는 수동적 허무주의라고 합니다. 니체가 쇼펜하우어를 치켜세우는 것은 그가 '허무'를 발견했기 때문입니다. 쇼펜하우어는 인생은 고苦이고 공空이라는 것, 아무것도 아님을 인식한 겁니다.

『인생의 베일』은 쇼펜하우어나 니체의 테마인 베일 너머의 세계(우리에게 위험한 세계)를 발견하게 하고 자각에까지 이르게 합니다. 그다음 문제는 태도입니다. 키티는 욕망과 자신을 분리시키는 것으로 대응합니다. 찰리 타운센트는 매력적인 남자로 등장합니다. 키티는 완벽하다고 생각했던 남자와 열애에 빠졌지만 환멸을 느꼈습니다. 그렇다면 또 다른 연애가 가능할까 의구심을 갖게 됩니다. 키티는 쇼펜하우어적 선택을 합니다. 욕망과 단절하고 체념합니다.

찰스와 재회하는 장면에서 키티는 "월터는 당신과 나 때문에 죽었어요"라며 그를 비난합니다. 제발 가라고 하지만 찰스는 계속 치근댑니다.

> "내 사랑, 내가 언제나 당신을 사랑했다는 걸 모르는 거야? 난 그 어느 때보다 당신을 사랑해." 그가 깊고 매력적인 목소리로 말했다.

찰스 타운센트가 가진 매력 중 하나가 목소리입니다. 키티 역시 목소리에 반했습니다. 키티는 제발 자신을 놔두라고 반박하는데 이 대목에서 모옴이 작가로서 역량을 발휘합니다.

> 그녀는 몸을 떨며 흐느꼈고 그에게서 벗어나려고 몸부림쳤지만 그의 팔의 압력이 이상하게 위안을 주었다. 온몸에 그것을 느끼고 싶은 열망이 솟아났다.

너의 운명으로 달아나라

정확한 묘사라고 생각합니다. 생각과 몸이 다른 거죠. 마음으로는 이미 이 남자를 포기했어요. 거부감을 느끼지만 몸은 의지를 따르지 않습니다.

다시 한 번. 딱 한 번만. 그녀의 온몸에 전율이 흘렀다. 자신의 나약함이 느껴졌다. 뼈가 녹는 것 같았고 월터에 대한 슬픔은 자신에 대한 동정으로 바뀌었다.

남편이 죽은 지 얼마 되지 않았고, 우리 두 사람 때문에 죽었다고 말하지만 육체적인 끌림에 저항하지 못합니다. 그러면서 찰리를 비난합니다.

"내가 온 마음을 다해 당신을 사랑한 걸 몰랐나요? 아무도 내가 당신을 사랑한 만큼 당신을 사랑할 순 없어요." 키티가 흐느꼈다. "내 사랑." 그가 그녀에게 입 맞추기 시작했다. (…) 그가 그녀의 입술을 찾았고, 그녀의 입술을 누르는 그의 입술의 압력이 신의 불꽃처럼 그녀의 몸속을 뚫고 들어왔다. (…) 그녀는 여자가 아니었고 그녀의 인격은 와해되었다. 그녀는 단지 욕망이었다.

키티는 극치의 황홀감을 느낍니다. 그리고 모음은 단지 욕망이었다고 정확하게 묘사합니다. 이 장면에서 인격체 키티는 없습니다. 그냥 몸만, 욕망만 있습니다. 그것이 키티가 자신의 베일을 올린 다음 보게 되는 실상입니다. 이러한 발견은 본인에게도 경악입니다. 키티는 자신을 매춘부, 돼지라고 합니다. 동물 수준으로 전락했습니다. 대개는 자기가 그럴듯한 사람이라고 믿고 싶어 합니다. 그런데 키티는 최악을 보았습니다. 자신이 이런 수준밖에 안 된다는 것. 그것을 보는 게 이 작품의 하이라이트입니다.

베일 너머에는 공空, 허무, 니힐nihil 그리고 욕망이 있습니다. 메이탄푸에서 키티는 욕망의 실체를 본 뒤 타운센트에 대한 욕망, 지옥에서 해방됩니다. 그렇다면 긍정적인 서사가 구성될 수 있습니다. 일탈, 불륜의 단계를 거쳐서 키티가 성숙한 인격체가 되는 것, 이는 전형적인 성장소설의 서사입니다. 그러나 짓궂은 모옴은 이것을 다 거쳐 돼지로 갑니다. 인생이 공인 것을 알고 있음에도 (그러면 우리는 고상해져야 하거든요.) 돼지까지 가는 것을 그립니다. 그런 점에서 『인생의 베일』이 통속소설을 넘어선다고 생각합니다.

그렇게 다시 찰스와 육체관계를 가진 키티는 스스로를 끔찍하게 여깁니다.

> 이건 수치야, 수치! 자신에게 무슨 일이 들이닥친 건지 그녀는 혼란스러웠다. 끔찍했다. 그녀는 그가 미웠고 자기 자신도 미웠다. 황홀했었다.

이것이 문제입니다. 부인해야 하니까 더 수치스러운 겁니다.

불쾌한 경험이었다면 인격이 문제되지 않습니다. 분리해내면 됩니다. 그런데 육체적으로 황홀함을 경험했지만 정신적으로는 혐오하는 겁니다. 자기 분열이 생깁니다. 자존감이 바닥까지 떨어졌어요. 욕망을 긍정으로 받아들이거나 포기하고 체념하는 태도가 있습니다. 키티는 철저히 부정합니다. 타운센트와 다시 만났을 때 이렇게 말합니다.

> "난 인간 같지 않아요. 짐승 같다는 느낌이 들어요. 돼지나 토끼나 개 말이에요. 오, 당신을 비난하는 건 아니에요. 단지 나도 나빴다는 거예요. (…) 그 침대에 누워 당신에게 헐떡거리던 건 내가 아니에요. (…) 난 그 여자를 인정할 수 없어. 무덤 속의 내 남편은 아직 온기가 식지 않았고 당신 아내가 내게 그렇게 친절을 베풀었는데."

자기와 분리시키는 겁니다. 인간의 도리상 가능하지 않은 행동을 했다는 자기혐오가 있습니다. 키티가 발견한 베일 너머에 욕망의 실체가 있었습니다. 자기 안의 짐승성을 발견한 겁니다.

통속소설의 법칙

> 찰스는 유머 감각을 되찾았고 키티는 그 이유를 알 수 있었다. 만약에 아이가 그의 핏줄이라면 그녀가 다시는 그를 보지

못한다 하더라도 그녀는 절대 그에게서 벗어나지 못할 것이기 때문이었다.

찰스는 자기 아이일 확률이 높다며 승리감에 도취됩니다. 키티는 이를 곧 간파합니다. 계산해보면 틀린 말은 아닙니다. 그렇다면 아이를 키우는 동안 어디 가더라도 그녀는 타운센트에게 협조하는 것이 됩니다. 이에 키티는 타운센트에게 결정적 발언을 합니다.

"당신은 정말이지 허영덩어리에다가 바보천치, 내 인생에 닥친 커다란 불운이에요."

작품의 앞부분에 남편 월터를 정부와 비교해서 깎아내리는 대목이 나옵니다. 찰스처럼 완벽한 남자가 있는데 나는 왜 이런 사람과 결혼했을까. 그런데 정부에 대한 최종 결론은 인생에 닥친 커다란 불운이라는 것입니다. 짓궂죠. 통상 여기까지 잘 가지 않는데 모옴은 특이한 작가입니다. 독자들이 읽기에 불쾌하고 불편합니다. 독자를 안락하고 편안하게 해주는 동시에 적당히 자극하는 것이 통속소설의 미덕인데 그 기준을 넘어섭니다.

통속소설은 쾌락 원칙을 따릅니다. 만족快은 최대화하고 불쾌는 최소화하는 것입니다. 그런데 이 작품은 향락의 원칙을 따릅니다. 향락 enjoyment 은 쾌락 pleasure 과 다릅니다. 고통까지 감수하는 게 향락입니다. 자학적이지요. 키티의 욕망이 그런 것으로 보입니다. 혐오감까지 느끼지만 그럼에도 끝까지 갑니다. 고집을 꺾지 않고 욕망의 실체와 대면합니다.

죽은 건 개였어

처음에 키티는 배우자를 찾지 못해 조바심이 나 있었습니다. 동생이 먼저 결혼한다니까 참을 수 없어서 적당한 후보자와, 마음에 들지 않지만 그래도 월터가 사랑한다고는 하니까 결혼합니다. 월터는 정부의 세균학자입니다. 좋은 일을 하지만 사회적 지위나 부와는 거리가 멉니다. 결혼하고 얼마 지나지 않아 키티는 그가 매력이 없다는 데 의심의 여지가 없어집니다. 주변에도 남편을 좋아하는 사람이 아무도 없는 거예요.

둘의 성격도 맞지 않습니다. 키티는 '도대체 그는 왜 나를 사랑하게 된 걸까?' 하고 생각합니다. 월터 스스로도 미스터리일 겁니다. 그러던 차에 매력 있는 찰스가 등장합니다. 잘생기고, 건강하고, 옷맵시도 뛰어나고, 똑똑한 남자입니다. 그런 남자가 접근하니 키티는 금세 푹 빠집니다. 비로소 사랑의 감정을 느꼈다고도 하죠.

작품의 여러 곳에서 모옴의 짓궂음을 계속 확인할 수 있습니다. 정부와 사랑에 빠지니까 키티가 젊어지고 다시금 전성기를 되찾습니다. 키티를 그렇게 만든 것은 욕망입니다. 생리학적으로 말하면 호르몬이고요. 호르몬이 분비되어서 생기가 돌고 더 아름다워집니다. 나중에는 이 욕망에 대해서 혐오감을 느끼게 되지요.

　불륜은 곧 들킵니다. 앞서 언급했듯 월터는 배신감을 느끼고, 아내에게 콜레라가 번지는 오지로 가자고 제안하지요. 키티는 동행합니다. "잘됐군." 남편은 미리 준비를 해두었습니다. 월터가 허술한 남자가 아니라는 것을 알 수 있습니다. 다만 계산은 있습니다. 전혀 다른 남자가 되는 거죠. 아주 냉정해집니다. 게다가 치밀하고 똑똑해요. 콜레라 발생 지역으로 데려간 것은 아내가 죽을 수도 있다는 것을 계산에 넣은 것입니다. 일부러 키티를 죽이겠다는 것은 아닙니다. 그렇지만 죽어도 좋다는 생각입니다.

　명분은 좋습니다. 콜레라 지역에 자원해서 간 의사, 따라온 아내. 월터 입장에서 키티가 거기서 죽어주면 더할 나위 없는 것이죠. 그런데 엉뚱하게도 임신했다고 하니 사정이 달라집니다. 아무래도 타운센트의 아이일 가능성이 더 높습니다. 월터는 더욱 절망해서 자살과 같은 실험을 하다가 콜레라에 감염되어 죽습니다.

　키티는 남편을 전혀 사랑하지 않았지만 막상 죽음에 임박하니 월터에게 용서를 구합니다.

> "월터, 제발 나를 용서해줘요. 당신에게 잘못을 저질렀어요. 뼈저리게 후회해요. 내 사랑."

'내 사랑'이라고 말하고 본인이 놀랍니다. 남편에게 한 번도 써본 적이 없어요. 진심이 담긴 것으로 보입니다.

> 그의 야윈 뺨에 두 줄기 눈물이 천천히 흘러내리는 것을 보았다.

화해의 장면을 연출할 수 있는 때입니다. 그러나 여기서 한 번 더 모옴은 자신이 얼마나 짓궂을 수 있는지 보여줍니다.

> "오, 소중한 사람, 여보, 당신이 나를 사랑했다면…… 당신이 날 사랑했다는 걸 알아요. 부디 나를 용서해줘요. 내게 자비를 베풀어줘요. 제발 날 용서해요."

이런 말을 듣고 죽어가면서 눈물을 비쳤다고 하면 그에 화답해줄 것을 기대하게 됩니다. 그런데 월터는 뜻밖의 대답을, 그것도 죽기 직전에 또박또박 말합니다.

> "죽은 건 개였어."

유명한 대사입니다. 올리버 골드스미스의 시에서 인용한 것입니다. 개가 사람을 물었습니다. 사람이 죽을 거라고 생각했는데 개가 죽었다는 겁니다. 월터 자신에 대한 비유입니다. 아내를 콜레라 지역으로 데려온 것은 자신의 계획입니다. 방조해서 아내가 죽을 수 있는 상황을 만든 겁니다. 그런데 자기가 콜레라에 걸렸어요. '죽은 건 개였어'는 자조적인 표현으로 읽힙니다.

마지막 순간까지 자기 자신과 화해한다거나 아내를 용서하는 것이 아니고 정말 내가 어이없이 죽는 거야, 개였어, 라는 생각을 하니까 눈물이 나는 겁니다. 모옴은 좋은 모습을 안 보여 줍니다. 둘 다 오판을 했고 대가가 큽니다.

마지막으로 월터의 부관 워딩턴이라는 특이한 인물이 등장합니다. 심술궂고 냉소적인데 작가의 분신으로 여겨집니다. 작가가 작중 인물들과 만나려면 대역이 있어야 하지요.

> "우리가 살고 있는 이 세상을 역겨움 없이 바라볼 수 있도록 만드는 유일한 것은 인간이 이따금씩 혼돈 속에서 창조한 아름다움이란 생각이 들어요. 그들이 그린 그림, 그들이 지은 음악, 그들이 쓴 책, 그들이 엮은 삶. 이 모든 아름다움 중에서 가장 다채로운 것은 아름다운 것은 삶이죠. 그건 완벽한 예술 작품입니다."

자신의 삶을 하나의 예술 작품으로 만드는 것, 니체식 정언 명령입니다. '너 자신이 되어라'를 함축하기도 합니다. 삶을 하나의 완벽한 작품, 자신이 책임지고 긍정할 수 있는 것으로 만들라는 요구입니다. 운명애라는 것이 있다면 무엇을 낳을까요? 자기 운명을 사랑한다는 것은 이 운명이 영원히 반복되어도 좋을 만한, 완벽한 것으로 긍정하는 겁니다. 그것이 하나의 예술 작품

너의 운명으로 달아나라

입니다. 모옴은 쇼펜하우어적인 주제, 니체적인 주제의 범위 안에서 문제를 다루면서 두 부부를 통해 하나의 흥미로운 이야기로 만들어냈습니다.

콜레라 지역에서 수녀들과 같이 봉사활동을 하면서 키티는 마치 보호받은 것처럼 무사하게 됩니다. 그런데 임신한 것을 알게 되고 남편이 죽으니 다시 홍콩으로 돌아갑니다. 워딩턴이 미리 연락해서 찰스의 아내 도로시가 마중 나오고 (짓궂은 운명인데) 타운센트의 집에서 신세를 집니다. 그러다 또 타운센트와 육체관계를 가지게 되지요. 결국 다시 이어준 사람이 워딩턴입니다.

이야기가 어떻게 끝나는지는 말씀드렸지요. 앞부분에서 키티를 특징지은 것은 그녀의 욕망이었습니다. 그리고 마지막에 키티가 욕망을 전면적으로 부정하고 아버지와 화해하는 것은 달라진 모습입니다. 이를 성숙하고 긍정적인 형상으로 볼 수 있는가는 더 생각해봐야 할 것 같습니다. 희망을 말하기에는, 전례를 봤을 때 서머싯 모옴이 그렇게 순진하지 않은 작가입니다. 인물에게 깨달음을 주지만 그 깨달음조차도 자기혐오로부터 구제하지는 못합니다. 서머싯 모옴이 현실과 세계를 바라보는 냉정한 눈입니다.

세속적 인간과
종교적 인간

"내가 회상하는 남자는 유명한 인물이 아니다. 앞으로도 결코 유명해질 일이 없을지도 모른다. 그의 삶이 끝난 후 그가 지구 상에 체류했음을 말해주는 흔적은 강물에 던져진 돌이 수면 에 남기는 흔적만큼도 못 될지도 모른다. 하지만 어쩌면 사람 들은 그가 죽고 오랜 세월이 흐른 후 과거에 매우 비범한 인간 이 하나 살았다는 사실을 인정하게 될지도 모른다."

서머싯 모옴의 말년의 대표작으로 알려진 『면도날』을 살펴보 겠습니다. 작가 모옴이 실명으로 등장한다는 점에서 특이한 서 술 방식을 취한 파격적인 작품입니다. 서머싯 모옴은 이 작품에 자부심을 가지고 있었고 비평가들의 반응도 좋았습니다. 이 작 품은 모옴이 고생했다기보다 굉장히 재미있게 썼다고 말합니다. 대중적으로 인기를 얻고, 평단으로부터도 좋은 반응을 얻고, 게 다가 쓰면서 즐거웠던 작품. 모옴에 대한 전기를 살펴보니 즐거 웠다고 언급한 것은 이 한 작품입니다.

작품의 서두에서 작가는 『달과 6펜스』와 연관 지어 이야기합 니다. 독자는 『달과 6펜스』를 보며 작가는 어느 편인가, 하는 질 문을 품게 됩니다. 이 작품에서도 다시금 정확하게 등장하니 어 느 편인지는 수수께끼도 아닙니다. 작가는 달과 6펜스 사이에 있습니다. 구도적인 삶과 세속적인 삶 사이에 작가 서머싯 모옴 이 있고 작가의 위치는 그곳이라고 생각하는 듯합니다.

『면도날』은 『달과 6펜스』와 비슷한 형식입니다. 『달과 6펜스』

는 폴 고갱을 모델로 한 화가의 인생 여정을 추적합니다. 『면도날』은 작가이자 화자 모옴이 구도적 삶을 추구하는 래리라는 문제적 주인공을 만나고, 그의 행적을 전해 들으며 기록을 완성해나갑니다.

전체 7부 구성인데 모옴은 래리와 작가의 대화로 이루어진 6부는 넘어가도 된다고 합니다. 래리의 깨달음, 구도의 여정은 핵심으로 다루기 어렵습니다. 이를 중심으로 하면 구도 소설이 됩니다. 그런데 모옴은 6부를 활용해서 균형을 유지합니다. 래리의 탐색 여정을 메인 플롯으로 다루지 않고 절반의 비중은 주변 인물들, 파리와 영국의 사교계에 할애합니다. 두 가지를 대조시키기 때문에 정작 래리가 도달한 깨달음에 대해서 자세하게 다룰 수 없습니다. 그래서 별도로 6부에 빼낸 것입니다.

7부는 밀란 쿤데라가 가장 선호하는 구성입니다. 6부 구성이면 정확하게 대칭을 만들 수 있습니다. 그런데 재미가 없지요. '6부'가 대칭이 안 되면서도 대칭되게 만드는 기능적인 역할을 합니다. 쿤데라의 소설에서도 살펴보겠지만 6부를 주목해서 읽어야 합니다. 6부는 주로 인도의 철학에 관한 내용을 포함하고 있습니다. 모옴도 양해를 구하지만 이 작품은 인도 철학서가 아니기 때문에 깊이 들어갈 수 없습니다. 다만 소설의 한 인물로서 래리를 조명하기 위해 그 부가 필요했고, 필요한 만큼 다루고 있습니다.

종교적 진리에 대한 열정

『면도날』은 1944년 미국에서 출간되었고 다루는 시기는 1919년부터 1930년대까지입니다. 이 작품을 쓸 수 있게 된 배경은 작가의 1938년 인도 여행입니다. 인도의 아슈라마라는 수행자의 거처를 직접 방문했다고 합니다. 헤르만 헤세 역시 불교적인 작가였습니다. 그는 실제로 인도에 가보지 못했지만 인도와 중국 고전에 큰 관심을 가졌습니다. 하지만 모음은 헤세와 다르게 한발 빼고 있고 그의 여행은 구도적 관심보다는 관광에 가깝습니다.

모음은 돈이 중요하다고 말합니다. 자유를 주기 때문입니다. 책이 많이 팔렸고 수입이 생겨서 여행도 할 수 있었던 것입니다. 즉 여유를 누릴 수 있었던 이유가 세속적인 배경 때문입니다. 하지만 래리는 다릅니다. 지속적으로 인생의 물음을 갖는 데, 구도자적 삶을 살아가는 데 많은 돈은 필요하지 않다고 생각합니다. 래리가 재산을 처분하려고 하니 모음은 염려하면서 만류합니다. 이것이 모음의 입장입니다.

래리가 구도자적 삶 쪽에 있다면 반대편에는 이사벨이 있습니다. 물질적인 안락에서 행복을 찾으려는 인물들이 등장하고 이사벨이 이 세계를 대표합니다. 래리의 약혼녀였지만 파혼하고 부유한 남자와 결혼하지요. 그리고 래리와 이사벨 사이에 삼각관계를 구성하는 소피가 있습니다. 이들이 작품의 주요 인물입니다.

래리는 참전했다가 전우의 죽음을 보고 그 트라우마 때문에 이후의 삶에 대해서 질문을 가지게 된 인물로 등장합니다. 이러한 인물은 두 가지 열정을 추구하게 됩니다. 하나는 타인의 영혼에 대한 열정입니다. 래리와 소피가 결혼한다고 할 때 화자 모음은 열정에 사로잡힌 것이라고 말합니다. 『달과 6펜스』의 스트릭랜드가 예술에 대한 열정에 빠진 것과 마찬가지입니다. 인물을 분류하고 이해하고자 할 때의 모음식 판단 범주입니다. 래리는 열정에 빠져 있고, 그렇기 때문에 그에게 상식이나 분별을 기대할 수 없습니다. 래리는 소피를 어릴 때부터 알고 지냈습니다. 그런데 그녀는 교통사고로 남편과 아이를 잃은 다음 타락한 삶을 삽니다. 래리는 알코올중독자가 된 소피의 영혼을 구해야겠다는 욕구에 사로잡혀 있다는 것입니다. 맹목적이기 때문에 상식적으로는 이해할 수 없어요. 이사벨은 이를 불만스러워하고 결혼을 만류하고자 합니다.

다른 면은 종교적 진리에 대한 열정입니다. 『달과 6펜스』에서 예술적 인간을 다루었다면 『면도날』은 종교적 인간을 다룹니다. 종교나 예술에 대한 관심, 열정이 부수적인 게 아니라 인간 본성의 핵심적인 부분을 차지한다는 판단이 전제되어 있습니다. 종교적 인간의 열정은 래리나 그가 구도의 과정에서 만나는 사람들, 인도의 수행자들이 가진 공통적인 열정입니다.

다만 세속 세계에 있는 사람들은 이러한 열정과 거리가 멀어요. 이들은 영국, 프랑스 파리, 미국 시카고 쪽 사교계로 나뉘어 등장하는데 여기는 물질적인 관심에 지배되는 세계입니다. 반

너의 운명으로 달아나라

면에 이른바 달의 세계는 환금성을 갖지 않는, 돈으로 교환되지 않는 예술, 종교 등 순수한 이념의 세계입니다. 경매에 나오는 작품들을 보면 알 수 있듯 예술은 돈을 완전히 배제하지 않습니다. 종교도 마찬가지입니다. 이와 달리 모옴이 다루는 달의 세계는 금전적인 가치와 호환되지 않는 순수한 예술, 순수한 종교를 염두에 둡니다. 둘 사이를 대비하고 이어주는 것이 모옴이 이 작품에서 수행하는 역할이며 동시에 이것이 그의 문학 테마이기도 합니다.

래리는 모옴에게 인도에 가본 적 있느냐고 묻습니다. 모옴은 없다고 대답합니다. 이는 맞기도 하고 틀리기도 합니다. 이야기가 진행되는 시점의 모옴은 가본 적이 없습니다. 그러나 소설을 쓰는 시점의 모옴은 다녀온 적이 있습니다. 모옴은 두 명입니다. 작품 속 인물인 작가 모옴, 바깥의 실제 작가 모옴. 작가가 등장인물로 나오더라도 실제 작가와 바로 동일시되는 것은 아닙니다. 또한 실존 인물을 모델로 했더라도 상황과 분위기를 고려해서 재구성하지요. 작품 속에는 시차가 있습니다.

주제로 들어가기 전에 형식상 흥미로운 점을 살펴보겠습니다. 모옴이 이 작품을 쓰면서 가장 신경 쓴 대목은 주인공이 미국인이라는 점입니다. 우리는 감을 잡기 어렵습니다. 영국과 미국, 다 영어로 작품을 씁니다. 하지만 영국 작가와 미국 작가에게 이 영어는 다릅니다. 미국 작가가 영국인을 등장시켜 소설을 쓸 수도 있고, 영국 작가가 미국인을 주인공으로 소설을 쓸 수도 있습니다. 모옴은 예리한 감식안을 가진 작가지요. 차이가

난다는 겁니다. 그래서 초벌 원고를 쓴 뒤 잘 아는 미국인 지인에게 감수를 부탁합니다.

모옴은 헨리 제임스를 언급합니다. 난데없이 불려 나와서 의문의 1패를 하지요. 헨리 제임스는 미국 작가인데 영국에 대한 소설을 썼습니다. 모옴이 보기에 껄끄럽다는 겁니다. 거꾸로 자신도 그럴 수 있지요. 그 점을 가장 신경 썼다고 합니다. '미국인을 그려놓았지만 나는 그들이 완벽한 미국인이라고는 감히 말하지 못하겠다'고 해요. 작가이자 화자 모옴의 프리즘에 잡힌 미국인이라는 것입니다.

또한 이 소설에서 주목할 점은 실제 모델이 있는 여러 인물의 인생사를 회고 형식으로 들려준다는 것입니다. (물론 각색합니다.) 게다가 모옴이 직접 등장해서 서술하니까 사실성을 강화시켜줍니다. 작가가 보증하기 때문이지요. 현실성이 떨어지는 인물은 래리뿐이라고 생각합니다. 나머지는 굳이 증명하지 않더라도 있음 직한 인물들입니다. 래리의 경우는 저런 청년이 정말 있을까? 의혹을 가질 수 있는데, 모옴이 이런 장치를 쓴 것은 래리를 보증하기 위해서가 아닐까 합니다.

6펜스의 세계와 달의 세계

이야기는 제1차 세계대전 직후부터 시작됩니다. 래리는 공군으로 참전하여 외상적 경험을 하고 돌아옵니다. 보통 전쟁 후유

증 때문에 치유 기간이 필요합니다. 전쟁의 경험과 단절할 수 있는 시간이 필요하고, 주변에서도 양해해줍니다. 그런데 1년 지나니까 래리에게 직업을 갖도록 슬슬 독촉합니다. 직업이 문제되는 이유는 미국식 문화의 영향입니다. 일하지 않는 사람에 대한 혐오가 있어요.

래리가 받는 독촉도 같은 맥락입니다. 그는 물려받은 재산이 있는 금융 소득자입니다. 굳이 일을 하지 않아도 되지만 미국에서는 안 됩니다. 특히 약혼녀가 있고 결혼을 앞두었으니 채근이 심해집니다. 그러자 래리는 2년간 유예를 갖겠다고 합니다. 결혼을 연기하고 파리에 가지요. 이것이 작품의 서두입니다.

2년 뒤, 이사벨이 파리로 가서 둘은 다시 만나는데 래리가 아직도 다른 이야기를 합니다. 2부에서 두 사람이 대화를 나누는 부분은 정확하게 6펜스의 세계와 달의 세계가 정면충돌하는 장면이기도 합니다. 나중에 래리의 속내는 직접 들어볼 기회가 있는데 이사벨은 사색하는 사람이 아니기 때문에 생각을 알 수 없습니다. 이사벨에게는 어떻게 소피를 제거했는가, 어떻게 래리에게서 떼어놓았는가 등에 대한 음모와 관련된 이야기를 듣게 됩니다.

래리는 보통 젊은 청년에게 요구되는 경로를 따르지 않고 독자적인 삶의 의미를 찾고자 구도의 길을 갑니다. 무엇을 얻었는가? 구도자로 남지 않고 다시 귀환합니다. 세속 사회로 돌아와서 어떤 깨달음을 얻었는지 보여줍니다.

래리는 전쟁 전의 평범한 삶을 버리고 신과 인생의 의미를 찾는 여정에 오르기로 결심합니다. 결정적인 계기가 있었습니다. 동료와 작전에 투입되었다가 귀환하는 도중 자신의 목숨을 구해준 동료가 죽습니다. 적진을 정찰하다가 두 대의 전투기와 교전이 벌어졌고 한 대는 격추시켰지만 다른 한 대가 뒤에 붙었습니다. 그때 동료 팻시가 래리를 구해줍니다. 팻시는 심한 부상을 입었고 결국 죽습니다. 스물둘의 나이에, 전쟁이 끝나면 고향에 가서 결혼할 거라던 동료가 죽자 래리는 큰 충격을 받습니다.

내가 죽을 수도 있었는데 친구가 죽었어요. 나에게 삶은 대체 어떤 의미가 있는 것인가? 자연스럽게 의문을 품을 수 있습니다. 다만 주변에서는 이해하지 못합니다. 이사벨은 상류사회에서 성장했기 때문에 삶에 대한 기대 수준이 있습니다. 래리를 사랑한다고 할 때도 기본은 갖추어진 래리를 사랑하는 것입니다. 외국에서 가난하게 살아가는 청년 래리를 사랑한 것은 아니었습니다.

전형적으로 가치관이 다릅니다. 전쟁 경험 이후 래리가 중요하게 생각하는 것은 정신적 가치입니다. 이와 달리 이사벨에게는 삶의 안락이 중요합니다. 정신적 가치는 부수적인 겁니다. 이는 자신의 사회적·경제적 지위가 유지되는 한에서 관심을 가지는 정도지 삶의 안락과 맞바꿀 수 있는 것은 아닙니다.

모옴의 작품에는 상류사회 속물이 자주 등장하는데 교양 수준이 높습니다. 다만 이들에게 교양은 장식적인 의미를 가질 뿐 삶의 본질은 아닙니다. 반면에 래리 쪽 사람들은 예술이나 종교적 깨달음이 인생의 전부입니다. 래리와 이사벨은 같이 성장했고 자연스럽게 약혼도 하게 되었으니 이사벨은 이해가 안 되는 겁니다. 자신과 비슷한 사람이라고 생각했는데 완전히 변했지요. 둘 사이의 코드가 맞지 않습니다.

> "당신은 정말 너무 현실감각이 없어. 내가 뭘 원하는지 전혀 모른다구. 나는 아직 젊고, 인생을 즐기고 싶어. 남들이 하는 것들을 하고 싶단 말이야."

이사벨이 말하는 '남들'은 상류사회의 '남들'을 뜻합니다. 평균치의 남이 아닙니다.

> "친구들처럼 멋진 옷을 못 입는 게 여자한테는 얼마나 속상한 일인 줄 알아?"

래리는 모릅니다. 이 차이가 극복되지 않습니다. 다만 이사벨은 그래도 래리를 사랑한다고 생각합니다. 일종의 소유욕이지요. 래리와 같은 삶을 살 자신은 없습니다. 그렇지만 끝까지 래리에 대한 사랑은 자신이 가지고 있다고 생각합니다.

이사벨이 래리에게 가진 욕망을 모옴은 예리한 눈으로 관찰합니다. 『인생의 베일』에서도 살펴보았듯 모옴은 성적 욕망, 욕정에 대한 섬세한 관찰자예요. 이사벨이 오랜만에 래리와 재회했을 때 모옴은 그녀가 래리의 팔뚝을 보고 눈이 반짝이는 것을 발견하고 그날 밤 이사벨이 남편과 뜨거운 밤을 보냈을 거라고 예상합니다. 그렇지만 남편은 아내가 왜 그러는지 영문을 모를 거라고.

인생의 의미

이사벨과 래리의 파혼은 둘로서는 선택의 여지가 없어 보입니다. 서로를 전혀 이해하지 못하죠. "당신이 도서관에 가면 나는 혼자 뭘 하란 말이야?" 하는 이사벨에게 래리는 말합니다.

> "얼마 전에 데카르트를 읽었어. 그 평온함, 품격, 명석함이란!"

하지만 이사벨에게 데카르트가 무슨 의미가 있나요. 래리 자신만의 경탄입니다. 데카르트를 읽었더니 지적 만족감을 느꼈다는 것입니다. 이사벨과는 아무 관계가 없는 거죠. 파혼 뒤에도 둘은 우정을 유지합니다. 이사벨은 그레이라는 청년과 결혼하는데 래리보다 부유하고 증권거래업을 하는 아버지를 둔 인물입니다. 이사벨을 열정적으로 사랑하지만 이사벨이 친구인 래리를 좋아하니까 물러나 있다가 둘이 파혼한 지 1년 뒤에 결혼합니다. 좋은 설정이라고 생각합니다. 둘은 부부로서 결함이 없습니다. 남편 그레이는 이사벨을 사랑하고 가정적입니다. 그렇지만 이사벨은 허전합니다. 래리에 대한 감정 때문이겠지요.

이사벨과 파혼한 다음 래리는 인생의 의미를 찾고자 탐구의 여정에 들어섭니다. 처음 4년은 책만 읽고, 그다음에는 육체노동이 필요하다고 생각해서 탄광과 농장에 가서 일합니다. 책의 작품 해설을 살펴보면 이는 래리뿐 아니라 당대를 살던 청년들 역시 가졌던 유사한 문제의식이라고 합니다. 래리는 전형적인 '잃어버린 세대Lost Generation'입니다. 제1차 세계대전 이후 삶의 방향감각을 상실한 젊은 세대를 가리킵니다. 잃어버린 세대는 주로 무력하게 배회하는 모습을 보여줍니다. 이와 달리 래리는 기독교를 거쳐 힌두교 수행까지 하지요. 기독교의 구원의 문제를 고심하다가 시야를 넓혀 동양 종교, 사상에까지 관심을 두게 됩니다.

이러한 래리에게 이사벨은 결정적 한 방을 먹입니다. 래리가 삶의 의미, 신은 있는지, 왜 악이 존재하는지, 불멸의 영혼이 있는지, 죽으면 끝인지 등을 알고 싶다고 하자 이사벨이 똑똑한 대꾸를 합니다.

> "하지만 래리, 그런 질문들은 수천 년 전부터 사람들이 물어온 것들이잖아. 만일 해답이 있다면 벌써 밝혀졌을 거야."

인생의 의미를 묻는 대부분의 책 첫 장에 나와 있는 내용입니다. 빅 퀘스천Big Question이라고 하지요. 누구나 이러한 의문을 가질 때가 있으며 역사상 많은 사람들이 동일한 질문을 해왔습니다. 아직 최종 답은 없지요. 그럼에도 각자에게 삶의 의미에 대한 깨달음은 허용됩니다.

구도적 작가 톨스토이 역시 평생에 걸쳐 인생의 의미를 묻습니다. 그리고 소설의 주인공들이 결말에 깨달음에 도달하기도 합니다. 『안나 카레니나』나 『부활』에서도 깨달음을 보여줍니다. 만약 그것이 최종적인 답이라고 한다면 이 질문은 종료됩니다. 그런데 대답 자체가 가능한지도 의문일뿐더러 답이 의미가 있는지 모르겠습니다. 특이한 성격의 질문입니다.

카잔차키스는 이에 대해 다른 생각을 가지고 있습니다. 인생을 사는 것과 인생에 대해 질문하고 생각하는 것으로 나눕니다. 삶의 의미를 묻는 것은 문제의 성립 요건상 구조적으로 삶으로부터 거리를 두는 겁니다. 잠시 유예하거나 중단할 때만 질문할 수 있습니다. 모옴은 거기까지 가지는 않고 다만 래리가 경험한 인도에서의 깨달음만을 소개합니다.

이사벨 등 세속 세계를 대변하는 인물들이 보기에 래리의 질문은 이미 견적이 나온 겁니다. 답이 있었다면 진즉 나왔을 거야. 한마디로 일소해버립니다.

앞서 『면도날』은 달의 세계와 6펜스의 세계로 구분해서 읽을 수 있다고 했는데, 이미 작가가 서두에서 『달과 6펜스』를 언급합니다. 그렇다면 모옴의 결론은 무엇인가? 결국 사회에서, 사람들 틈바구니에서 살아가는 것이라는 래리의 여정에서 살펴볼 수 있습니다.

그들 각자의 불행

　이사벨과 래리와 소피는 동세대이고 윗세대인 모옴은 이들 인생의 행적을 비교해서 보여줍니다. 중년의 작가가 노숙한 시각으로 전형적인 세 타입의 젊은 세대를 관찰합니다. 래리는 소피와는 통한다고 생각해요. 소피는 자신의 인생을 망치는 인물이라고 이사벨은 그녀를 대단히 부정적으로 바라봅니다. 이사벨은 그들을 이해하지 못하지만 래리는 사랑하고, 소피는 경멸합니다. 래리와 소피의 공통점은 극단까지 간다는 겁니다. 그 점에서 서로 끌리지요. 이사벨은 둘의 관계를 질투하고 결국 떼어놓는 데 성공하게 됩니다.

　래리는 소년 시절 여자 친구였던 소피와 결혼하려고 합니다. 이사벨은 소피와 래리의 관계를 잘 알지 못했습니다. 그래서 래리가 알코올중독자 소피와 결혼하겠다고 하니 극구 반대하면서 모옴에게 조언을 구합니다. 그의 충고는 "이사벨이 자기 아내를 멀리하면 자신래리도 이사벨을 멀리할 친구야. 네가 조금이라도 분별력이 있다면 소피와 친하게 지내는 게 좋을걸"입니다.

　이사벨은 소피와 약속을 잡습니다. 예식 때 입을 드레스를 맞춰주려고 하면서 음모를 꾸밉니다. 옷을 가봉하기 위해 자신의 집에서 만나기로 하고, 하녀에게 선물 받은 술을 차려놓게 했습니다. 그러고 나서 이사벨은 딸의 치과 예약이 있다며 한 시간 늦게 옵니다. (나중에 보면 치과에 간 것도 아니고 그냥 시간을 때우다 옵니다.) 소피는 래리와 결혼하기 위해서 술을 끊었습니다. 먼저 도착해 이사벨을 기다리지만 약속 시간이 지나도 오지 않습니다. 술이 있고 술잔도 옆에 있고, 결국 소피는 한 잔 마셔버립니다. 한 잔 마시고 나니까 생각이 달라져서 술을 잔뜩 마십니다.

자신과의 약속을 지키지 못했어요. 소피는 래리와 결혼할 자격이 없다고 생각하고 떠납니다. 화자 모옴은 정확하게 읽어냅니다. 이사벨에게 술을 일부러 내놓은 것이 아니냐고 묻고 이사벨은 실토합니다. 만약 소피가 유혹을 견뎠다면 친하게 지내보려고 했다, 하지만 아니었다, 이렇게 변명하는 것이 이사벨의 계산이었습니다. 나중에 소피는 칼에 찔려 부두에 버려진 채 발견됩니다. 부랑자들과 어울리다 살해당한 것으로 보입니다. 모옴은 그 책임이 이사벨에게 있다고 하지만 이사벨은 자신이 래리를 불행으로부터 구했다고 생각합니다.

이런 일이 벌어지기 전에 래리는 유럽 전역에서 해답을 찾지 못해 인도로 건너갑니다. 아슈라마수도원에서 수련하다가 우연히 산정에서 떠오르는 태양을 보며 깨달음을 얻습니다. 일부 비평가들은 불만스러워합니다. 어떻게 이렇게 깨달음을 쉽게 얻느냐고. 물론 래리는 자신이 그렇게 느꼈다는 것이지 남들도 인정해야 한다고 요구하지는 않습니다.

"감히 깨달음을 얻은 거라고, 어떤 계시를 받은 거라고 생각할 수는 없었어요. 수년 동안 금욕과 고행을 하면서도 아직 깨달음을 얻지 못한 사람이 허다한데, 어떻게 제가, 일리노이

주 마빈의 래리 대럴이 깨달음에 도달했다고 생각하겠어요?"

래리는 겸손합니다. 자기 느낌에 충실해야 하지요. 일출을 보면서 초월적인 환희를 경험했고 그 순간 육체에서 해방되는 느낌, 순수한 영혼 이전의 상태, 초월적 인식을 느꼈다고 합니다. 이러한 경험을 하면 계속 정진하거나 아니면 하산하거나입니다. 래리는 하산의 길을 택하고 다시 속세로 돌아옵니다.

래리의 깨달음

제목 '면도날'은 『카타 우파니샤드』에서 인용한 것입니다.

> 날카로운 면도날은 넘어가기가 어렵다. 그래서 현자는 구원의 길이 힘들다고 말한다.

구도의 길은 달팽이가 칼날을 넘어가는 것과 비슷하다는 뜻입니다. 연한 살갖을 대고 넘어가야 해서 힘든 일이지요. 작품에서 달팽이에 해당하는 인물은 래리입니다. 그의 구도가 면도날을 넘어가는 것처럼 결코 쉽지 않음을 암시합니다.

> "밝은 햇살이 쏟아지던 눈부신 낮과 시끄러운 유색 인종들, 톡 쏘는 향기로운 동양의 냄새가 저를 매혹했어요. 마치 화가

가 마지막 한 번의 붓질로 작품을 완성하듯, 브라마와 비슈누, 시바의 거대한 두상들이 그 모든 것에 신비로운 의미를 부여했죠. 가슴이 미친 듯이 뛰기 시작했습니다. 갑자기 인도가, 제가 반드시 가져야 할 무언가를 갖고 있다는 강렬한 확신이 드는 겁니다."

처음에 래리는 기독교 신비주의에 빠집니다. 알사스의 수도원에 가서 세 달 정도 체류합니다. 그다음 프랑스에 있는 시골 마을을 거쳐 스페인으로 갔다가 인도로 떠납니다. (전형적인 여정이지요.) 결국 인도에 가서야 깨달음을 얻습니다. 인도에서 자신이 오랫동안 찾아 헤맸던 것을 발견한 인상을 얻습니다.

> "전 인류의 3분의 2가 영혼의 윤회를 믿고 있어요. (…) 실제로 초창기에 윤회설을 믿은 기독교 분파도 있었잖아요. 결국 이단으로 몰렸지만. 그런 일이 없었다면 기독교도들도 윤회설을 예수의 부활만큼이나 확실하게 믿었을 겁니다."

윤회에 대한 깨달음은 니체의 영원회귀와 비슷하면서도 다릅니다. 불교나 힌두교의 윤회는 계속 다른 생명으로 반복되지만 영원회귀는 같은 것이 영원히 되돌아옵니다. 공통점은 이 속세의 삶이 끝이 아니라 반복된다는 것. 윤회에 대한 래리의 경탄을 읽을 수 있습니다.

기독교인이 윤회를 허황되다고 생각하는 것처럼 다른 신앙을 가진 사람에게는 육신의 부활 또한 믿기 어려운 일입니다. 모음이 윤회를 믿느냐고 물으니 래리는 "믿지도 않지만 그렇다고 안 믿지도 않는다"고 답합니다. 래리는 수행 중에 최면 상태의 환영인지, 계시인지는 모르겠지만 어떤 이미지가 스쳐 지나가는 것을 봅니다. 뉴잉글랜드에 사는 할머니, 레반트의 유대인, 웨일스 시대 황태자의 궁정에 있었던 멋진 신사. 래리는 자신의 전생일지도 모른다고 생각합니다.

6부의 대화 장면에서 가장 중요한 부분은 자아에 대한 깨달음입니다. 래리는 가네샤라는 인물과 만납니다.

> "그분의 가르침은 아주 간단했습니다. 우리는 모두 자신이 알고 있는 것보다 훨씬 더 위대한 존재이며 지혜가 자유의 수단이 된다. 구원은 반드시 은둔 생활을 통해서 얻을 수 있는 것이 아니라, 그저 소아小我를 버리기만 하면 된다. 사심 없는 행위는 마음을 정화해주며, 여러 가지 방식으로 성전에 경의를 표하는 것은 개아個我를 버리고 대아大我와 합치될 수 있는 기회를 제공한다."

이는 함석헌 선생이나 유영모 선생의 사상에도 나옵니다. '얼나'라고 하는데 '진아' '참나'라는 표현을 씁니다. 개개의 나에서 벗어나 더 큰 나로 합류하는 것, 그 일원으로 자신을 합치시키는 것이 불교나 힌두교에서의 가장 중요한 깨달음이라고 합니다. '나'라는 분별이 없어지면 죽음으로부터 해방됩니다. 죽음의

단위는 개체입니다. 개체적 죽음에서, 개체라는 의식에서 해방
되면 나의 죽음도 없는 겁니다. 즉 죽음의 공포에서 벗어날 수
있습니다. 생명은 순환하는 것이지요.

인간의 생명체 조직이라는 것도 분해하면 탄소복합체입니다.
이러한 단위로 보면 무기물과 유기물의 차이는 크지 않습니다.
하지만 생명은 특수한 발현입니다. 더 나아가 인간은 고유한 인
격, 개인이라는 의식을 가집니다. 죽는다는 것은 인격체로서의
나, 개인이 죽는 겁니다. 그런데 이것이 진짜 실체가 아니라면
죽음으로부터, 개체적 유한성으로부터 해방되겠지요.

깨달음 이후 래리의 선택은 무엇일까요? 미국으로 돌아갑니
다. '뭐 하러?' 모옴이 물으니 '살려요'라고 대답합니다. 래리에게
는 오랜 여정이었습니다. 10여 년 구도의 결과는 돌아오는 겁니
다. 트럭 운전사를 하겠다는데 아마 눈에 띄지 않게, 어떻게 보
면 평범한 삶을 살아갈 겁니다.

모옴은 세속적인 작가로 남습니다. 다만 세속적인 가치가 전
부가 아님을 래리의 삶을 통해 보여주고자 합니다. 모옴은 균형
을 맞추는 데 자신의 역할이 있다고 보는 것 같습니다.『달과 6펜
스』를 예로 들면 모옴의 역할은 '과and'에 있습니다. 둘을 연결시
켜주는 접속사.

모옴은 삶을 즐겼던 작가입니다. 91세까지 장수하며 작품 쓸
것 다 쓰고 누릴 것 다 누렸습니다. 돈이 어떤 편익이나 자유를
가져다주는지 잘 아는 작가입니다. 이를 부정하지 않습니다. 다
만 그게 전부가 아니라 다른 가치도 있다는 것. 열정에 빠진 인

간들, 예술가들, 종교적인 수행자들의 모습도 있다는 것을 보여
줍니다.

무거움과
가벼움 사이에서

밀란 쿤데라 Milan Kundera 1929~

『농담』(1967)

『참을 수 없는 존재의 가벼움』(1984)

『소설의 기술』(1986)

『불멸』(1990)

『느림』(1995)

『정체성』(1998)

『향수』(2000)

『무의미의 축제』(2014)

Milan
Kundera

정체성과
난교

"인생의 본질은 삶이 지속되게 하는 거야. 그건 출산이고 그에 선행하는 성교, 또 그보다 앞서는 유혹, 그러니까 키스, 바람에 날리는 머리카락, 팬티, 멋지게 재단된 브래지어, 그리고 사람에게 성교를 가능하게 하는 모든 것, 다시 말해 먹거리지. 불필요한 성찬이 아니라 누구나 쉽게 살 수 있는 먹거리, 그리고 먹었으니 배설도 중요하지."

밀란 쿤데라의 생애와 함께 가볍게 다룰 수 있는 작품인 『정체성』을 읽어보겠습니다. 책에 실려 있는 쿤데라의 약력은 간단합니다.

체코슬로바키아에서 태어났다.
1975년 프랑스에 정착하였다.

딱 두 줄인데 작가의 요구에 따른 것입니다. 1975년에 프랑스에 정착했고 1981년 미테랑정부 때 프랑스 국적을 취득합니다. 쿤데라는 체코나 체코슬로바키아라는 나라 이름에 대해서도 거리를 둡니다. 체코슬로바키아가 탄생한 때가 1918년이고, 1993년에 체코와 슬로바키아로 분리됩니다. 그래서 쿤데라는 자신을 '체코슬로바키아인'이나 '체코인'이라고 부르는 대신에 '보헤미안 사람'이라고 표현합니다.

쿤데라에게 정체성은 중요한 주제입니다. 자신의 신상에 관해서도 최대한 숨기고자 하고요. 이 작가가 의도적으로 철저하게 감추는 전기적 사실이 몇 가지 있는데 실은 이 점이 쿤데라의 작품을 이해하는 데 중요한 힌트가 됩니다.

아이러니한 쿤데라의 이력

먼저 대략적인 전기를 훑어보겠습니다. 자신의 작품을 읽으며 연보부터 다룬다는 것을 알면 질색할 겁니다.

일단 눈에 띄는 사항은 아버지가 체코의 주요한 음악학자이자 피아니스트였는데 체코의 국민 음악가인 야나체크의 제자였다는 사실입니다. 아버지에게 피아노를 배웠기 때문에 쿤데라는 야나체크 제자의 제자라고 할 수 있습니다. 음악에 상당한 조예가 있습니다. 쿤데라의 소설에 관한 에세이를 보면 자신이 얼마나 음악적인 감각과 개념을 가지고 작품을 쓰는지 언급합니다. 덧붙여 음악 자체에 대한 내용도 많이 다룹니다.

20세 무렵 쿤데라는 공산당에 가입했고 1950년에 출당당하는 중요한 경험을 합니다. 이는 『농담』의 소재가 되지요. 또한 1950년대 초반의 이력 중 잘 알려지지 않은 것은 시집을 출간했다는 사실입니다. 쿤데라는 체코어로 쓴 시집 3권을 냈습니다. 15권 분량인 국내 전집에도 이 시집은 빠져 있습니다. 쿤데라의 주문 때문입니다. 1990년대에 시 선집이 한국어로 번역되었는데, 지금은 재출간이 안 될 거예요. 쿤데라 자신이 원하지 않습니다. 쿤데라는 시나 시인에 대해 부정적인 태도를 가지고 있는데 이는 혁명과 관련 있습니다.

쿤데라는 작가로서의 경력을 시인으로 시작하는데, 이 시기에 대해 부정합니다. 시가 좋지는 않았고 본인도 알고 있지 않았을까 해요. 스탈린주의적인 내용에, 선동적인 시를 많이 썼습니다. 쿤데라는 그 시절의 모습을 아예 지워버리려는 것 같습니다. 이는 그가 문학을 보는 입장과 밀접한 관련이 있습니다. 세계를 어떻게 바라볼 것인가, 혁명을 어떻게 이해할 것인가와 시, 소설은 연관이 깊어서 중요한 의미가 있습니다.

1958년에 쿤데라는 프라하 공연 예술대학 영화학과에서 교수로 재직했습니다. 체코 출신으로, 영화 〈아마데우스〉의 감독 밀로스 포먼이 제자라고 홍보문구처럼 활용되는데 세 살밖에 차이가 나지 않습니다. 이러한 경력 때문에 쿤데라가 영화를 좋아한다고 오해할 수 있습니다. 조예가 있는지는 모르지만, 그는 영화를 아주 싫어합니다. 영화학과에서 강의할 때도 시나리오만 가르쳤고요. 『참을 수 없는 존재의 가벼움』이 영화화되었을 때 노골적으로 불만을 토로했습니다. 원작 소설은 사색적인 작품이지요. 생각을 영상으로 옮기기는 어렵습니다. 그러다 보니 원작과 자연스럽게 간극이 있었습니다. 그걸 이때 쿤데라가 다시 한 번 확인한 겁니다. 영화는 안 된다.

1969년, 첫 장편소설 『농담』도 영화로 만들어졌습니다. 쿤데라가 각본을 쓰고 야로밀 이레스 감독이 영화를 찍습니다. 좋은 작품은 아니었어요. 당시 유행했던 모더니즘의 분위기가 풍깁니

다. 그런데 제 심증으로는 쿤데라가 의도적으로 시나리오를 못
써준 것이 아닌가 싶습니다. 원작과 비교하면 작가가 직접 시나
리오를 썼다고는 믿기지 않을 만큼 허술합니다.

환멸의 경험

1967년에 『농담』을 발표하는데 이 작품이 소개되면서부터 쿤
데라는 프랑스에서 주목받습니다. 프랑스 문단에서 높은 평판
을 얻게 되고 여러 군데에서 초빙을 받습니다. 프랑스를 왔다 갔
다 하며 인연이 닿아 대학에서 강의도 하다가 체코에서의 사정
이 나빠지면서 영구 이주하게 됩니다. 사정이 안 좋아졌다는 것
은 1968년 '프라하의 봄' 이후입니다. 그는 '인간의 얼굴을 한 사
회주의' 운동에 적극 가담했고 탱크를 앞세운 소련 침공으로 막
이 내리자 수모를 겪습니다. 쿤데라에게는 참 아이러니한 이력
입니다.

그는 소설론에서 혁명이나 정치에 대해 부정적인 시각을 표
출합니다. 그런데 정작 자신은 1948년 혁명이라든가 1968년 혁
명에 적극적으로 가담했다가 출당당하고 배척된 이력을 가지고
있습니다. 그것까지 전부 포함해야만 쿤데라를 제대로 이해할 수
있다고 생각합니다. 쿤데라가 보여주는 정치 혐오를 액면 그대로
받아들이기보다는 배경이 있음을 살펴보아야 합니다. 적극적으
로 참여했다가 환멸을 느낀 경험이 소설에 투영되어 있기 때문입

니다.

그의 주요작인 『농담』도 『참을 수 없는 존재의 가벼움』도 정치적 사건이 중요한 배경이 됩니다. 그리고 이러한 사건이 빠지면 쿤데라의 작품에는 알맹이가 없는 것처럼 여겨집니다. 나중에 프랑스어로 쓴 작품들이 대개 그렇습니다. 언어를 바꾸었다는 것이 중요한 이유겠지만 다른 한편으로는 포스트 혁명 이후의 작품이기 때문이기도 합니다. 이에 따라 쿤데라 소설의 힘 또는 매력이 반감됩니다. 모순적이지요. 혁명 같은 정치적 사건을 부정적으로 다루지만 그것이 빠지면 소설의 힘도 빠져버린다는 것.

한편 쿤데라는 1970년대 초반에 쓴 작품들에 '이 책이 마지막일지 모른다'고 기록하며 마지막 소설에 대한 예고를 덧붙입니다. 제 추정에는 이때 망명을 생각한 듯해요. 체코어로 글을 쓰는데 체코를 떠난다면 작품 활동을 할 수 있을지 보장이 없지요. 그런데 프랑스에서도 작가로서 인기를 얻어 작품을 계속 쓸 수 있었습니다.

쿤데라는 은둔형 작가입니다. 파리에 살지만 인터뷰는 거의 하지 않습니다. 사생활을 노출하지 않으려는 모습을 보여주지요. 그는 프랑스에 있는 대학에서 강의하며 자리 잡고 계속 작품을 써나갑니다. 대표작은 역시 1982년에 집필한 『참을 수 없는 존재의 가벼움』입니다. 이전까지는 프랑스에서 평판을 얻은 체코 작가였는데 『참을 수 없는 존재의 가벼움』이 영어권에서도 화제가 되면서 여러 문학상을 받습니다. 이후에 쿤데라는 주요한 노벨문학상 후보로 거명되고 세계적인 인지도를 가진 작가로 부상하지요.

55세, 중견 작가라고 할 수 있는 이때부터 쿤데라는 언어를 바꿔 작품을 쓰기 시작합니다. 창작 언어를 바꾸는 것은 중대한 결단을 요구합니다. 소설은 체코어로 좀 더 쓰고, 에세이는 프랑스어로 씁니다. 프랑스어로 처음 발표한 에세이는 『소설의 기술』입니다. '기술'은 아트art를 말하며 소설 기법에 대해 쓴 책입니다. 소설에 관한 쿤데라의 사유와 철학을 담았다고 할 수 있습니다. 이어서 여러 권의 에세이를 발표합니다. 한 권을 제외하면 전부 7부 구성입니다. 『농담』이나 『참을 수 없는 존재의 가벼움』 역시 7부 구성이지요. 그런데 쿤데라는 프랑스어로 소설을 쓰면서부터 7부 구성을 포기하고 대신 에세이를 7부로 구성합니다.

저는 쿤데라의 에세이와 소설이 상호 보완적이라고 생각합니다. 프랑스어로 작품을 쓰면서부터 에세이와 노벨라경장편 두 가지를 따로 씁니다. 합치면 원래 쿤데라의 소설 한 편이 됩니다. 경장편만 따로 놓고 이전의 장편과 비교하는 것은 사이즈가 안 맞습니다. 관련된 에세이를 하나씩 붙여서 살펴봐야 합니다. 쿤데라는 소설 안에 이야기와 사색을 다 넣습니다. 그런데 이게 프랑스어로는 어려웠던 것이지요. 그의 프랑스어 소설의 분량이 짧아지는 이유라고 생각합니다.

너의 운명으로 달아나라

작가에게 작품이 갖는 의미

쿤데라의 작품은 사색적, 성찰적 소설 또는 에세이 소설이라고 부릅니다. 그는 오스트리아 작가 로베르트 무질과 헤르만 브로흐를 좋아하는데, 사색적 소설을 쓰는 중부 유럽 작가의 계보입니다. 자신이 그 적통을 잇는다고 생각합니다. 그런데 프랑스어를 능숙하게 구사하더라도 작품을 쓸 때 에세이라는 육체를 만들 만큼은 어렵습니다. 그래서 에세이가 의미 있습니다. 소설에 쓰던 7부 구성을 에세이에 적용한 것은 그런 속내가 있지 않을까 생각합니다.

1990년에 발표한 『불멸』은 체코어로 썼지만 프랑스어로 번역되어서 먼저 나옵니다. 이 작품이 체코어로 쓴 마지막 소설이고 프랑스어로 쓴 첫 작품은 1995년에 출간한 『느림』입니다. 한국에서는 『참을 수 없는 존재의 가벼움』이 발표된 뒤 고정 독자층이 만들어졌습니다. 그리고 분량은 얇지만 사색적인 『느림』을 통해서 독자층이 확장됩니다. 『느림』이 출간되고 3년 뒤에 『정체성』이 나오지만 프랑스에서는 이 작품들의 평이 좋지 않았습니다. 그의 작품을 기다렸던 독자들이 불만을 토로했습니다. 그러자 쿤데라가 부아가 나서 『향수』는 스페인어판으로 먼저 출간을 해버립니다. (인터뷰할 때는 전혀 관계없다고 말했지만 믿기 어렵습니다.)

그 뒤 14년 만에 『무의미의 축제』를 발표합니다. 이 책은 독해 코드가 필요합니다. 여든이 넘은 연로한 나이에 작품을 쓴다면 누구를 위해서 쓰는 것인가? 독자보다는 자기 자신을 위해서 쓰는 것 아닐까요. 작가적 인생의 마무리가 『무의미의 축제』의 의미라고 생각합니다. 그리고 그러한 성격은 『향수』와 『정체성』에서도 드러납니다.

『향수』의 주인공은 프랑스 이주자입니다. 1989년에 동구권 사회주의가 해체되면서 체코는 복권되었습니다. 그 뒤 쿤데라는 체코를 방문하고 이를 소재로 『향수』를 씁니다. 원제는 '무지 ignorance'입니다. 중의적이기 때문에 향수로도 번역될 수 있으며 그 주제를 다루고 있습니다. 쿤데라는 자신에게 조국 체코는 어떤 의미가 있는지를 정리해야 했고 그런 문제의식을 다룬 작품입니다.

『정체성』에는 직접적이지는 않지만 그 배경에 혁명이 있습니다. 1968년 프라하의 봄 이후의 문학입니다. 즉 쿤데라 소설의 나이는 거기 멈추어 있습니다. 그의 생애에서 중요한 사건은 1948년과 1968년에 일어납니다. 1948년에 체코 공산당 정권이 수립되고 1968년 프라하의 봄 때 쿤데라는 적극적으로 관여했다가 직장이던 대학에서 축출당합니다. 그리고 나서 프랑스로 이주한 다음에는 '포스트-역사'입니다. 프랑스에 온 이후에는 아무 일도 일어나지 않습니다.

『무의미의 축제』가 나왔을 때 제가 놀란 것은 이야기에 9·11테러에 대한 언급이 없었던 것입니다. 프랑스에서 일어난 사건이 아니니까 빠질 수 있다 해도 적어도 쿤데라에게는 의미 있는 사건이 아닌 것입니다. 다르게 보면 아무 의미도 없어요. 그렇게 배제하기 시작하면 세계사에서 의미 있는 사건은 별로 없는 겁니다. 그러니까 남은 것은 무의미의 축제뿐입니다. 쿤데라에게 1968년 이후는 다 무의미의 축제입니다. 그리고 그것이 그의 소설 세계입니다. 쿤데라는 이를 긍정하고자 해요. 그런데 그 긍정의 이면에는 마음의 짐이 있습니다.

소설은 일상성을 다룬다고 하는데 일상은 원래 무의미합니다. 전면적 진실이 그렇습니다. 소설사에서 전면적 진실의 기원을 거슬러 올라가면 프랑수아 라블레에 도달합니다. 쿤데라는 라블레를 대단히 좋아합니다. 라블레는 프랑스 중세 말의 작가로, 프랑스 바깥에서 더 높이 평가됩니다. 프랑스가 자부심을 가지는 것은 데카르트 등의 철학자가 보여주듯 명징한 사유, 이성입니다. 그런데 라블레의 문학 세계는 이성과는 관계가 없습니다.

러시아의 인문학자 미하일 바흐친은 이를 '그로테스크 리얼리즘'이라고 불렀는데, 말 그대로 육체적 세계를 말합니다. 인간이 이성을 가진 존재가 아니라 '먹고 싸는 존재'라는 것, 이것이 라블레의 발견입니다. 쿤데라는 라블레를 전면적으로 수용합니다. 소설이 인간에 대한 새로운 이해를 보여준다면 어떤 것인가? 바로 먹고 싸는 존재라는 겁니다.

그럼 먹고 싸는 이면에는 뭐가 있는가? 대척점에 있는 것이 혁명, 대의입니다. 『참을 수 없는 존재의 가벼움』의 중요한 주제이자 비판거리인데, 쿤데라 때문에 유행이 된 말이 있습니다. 키치kitsch, 미학계에서는 저속한 취향을 가리킵니다. 그런데 쿤데라는 이 의미를 확장합니다. 인간의 저속한 면을 한 단어로 압축하면 '똥'입니다. 이를 배제하는 것을 키치라고 말합니다. 그러니까 모든 이데올로기가 키치입니다. 쿤데라의 주요 타깃은 키치이며 키치를 공격하는 것이 바로 쿤데라 문학입니다.

그런데 앞서 쿤데라의 이력을 설명한 것은 그가 '키치짓'에 많이 가담했던 사람이기 때문입니다. 그렇지만 발을 뺀 다음에 맹공격합니다. 작품을 이해하는 데 작가에 대한 정보는 중요하지 않다고도 할 수 있습니다. 그런데 쿤데라는 악착같이 자신의 이력을 지우고 배제하고자 합니다. 그래서 오히려 눈에 띕니다. 그는 자신의 이력과의 긴장 관계 안에서 소설을 쓸 수 있다고 할까요.

소설이 제공하는 새로운 인식

『정체성』의 주제와 관련해서는 쿤데라의 에세이『소설의 기술』「세르반테스의 절하된 유산」을 참고할 수 있습니다. 소설이 곧 '세르반테스의 유산'입니다. 세르반테스를 근대소설의 창시자로 보기 때문이지요. '절하'는 평가절하되었다는 뜻이고 쿤데라의 의도는 이를 복권시키는 겁니다. 그리고 여기서 확인할 수 있는 것은 쿤데라의 소속입니다. 그에게 '보헤미안'과 함께 또 하나의 소속이 있다면 소설입니다. 쿤데라가 말하는 그의 정체성은 세르반테스의 절하된 유산의 상속자로서, 소설이라는 유산에 자부심을 가진 소설가입니다.

에세이에서 주로 이야기하는 바는 소설은 인간의 삶과 실존에 대한 앎 또는 인식을 제공한다는 것입니다. 쿤데라의 핵심 주장입니다. 그런데 진리를 생산해내는 '기계'가 있다면 소설 외에 과학, 철학 등을 흔히 떠올릴 수 있지요. 통상적으로는 과학이 진리를 발견하고 생산한다고 말합니다. 철학 역시 철학적 인식을 만들어냅니다. 쿤데라는 이들과 소설적 인식이 경합 가능하다고 봅니다. 동등한 자격으로 겨룰 수 있고 어떤 경우에는 우월하며 때로는 더욱 놀라운 앎을 우리에게 줄 수 있다고 말합니다.

예술은 미학 또는 감성학의 영역이며 인지와는 거리가 있습니다. 근대 미학은 예술을 인지, 이성, 인식과는 거리가 있는 감성의 영역, 감각의 영역으로 제한해놓았습니다. 쾌감을 갖게 해주는 것, 이렇게 예술을 규정하고 정당화해왔지만 쿤데라는 다른 이야기를 합니다. 그에 따르면 소설은 이러한 예술의 한 갈래가 아닙니다. 소설에는 감각적인 쾌락뿐만 아니라 인식도 있는 겁니다.

물론 인식과 쾌감을 같이 전달한다는 것은 아주 오래된 문학론입니다. 그런데 근대 예술론에서는 이 부분이 평가절하되었습니다. 소설에서 과학이나 철학 못지않게 앎을 얻을 수 있다면 열심히 읽어야 합니다. 쿤데라 소설론의 요지입니다. 그는 앎과 인식을 제공하지 않는 소설은 부도덕하다고 말하지요.

쿤데라가 반복적으로 사용하는 소설의 형식은 두 가지가 있습니다. 하나는 7부 구성이며 여기에 소극笑劇적 짜임이 더해집니다. 앞서 라블레를 언급했지만 쿤데라의 소설에는 형이상학적 사색과 함께 생리학적 인간의 면모가 에피소드로 들어가기 때문에 불균형한 충돌을 낳고 웃음을 유발합니다. 심각하게 자살을 생각하고 약을 먹었는데 설사약인 바람에 화장실 들락날락거리고……. 진지함과 난센스가 공존하는 세계, 이것이 쿤데라의 소설입니다.

왜 소극 형식을 취했을까요? 소설은 기본적으로 오락입니다. 그런데 쿤데라가 보기에 프랑스인들은 너무 진지하게 생각해요. 오락이라는 말을 왜 부끄러워하는가? 오락의 어원적 의미는 경로에서 이탈한다는 겁니다. 원칙주의자들은 싫어하겠죠. 세르반테스가 대표적인데 옆길로 새는 이야기가 어찌나 많은지, 여담의 대가입니다. 그럴 경우 시에서라면 형식미가 무너지지만 소설에서는 허용됩니다. 소설적 자유라고 할까요. 『돈키호테』[1605]의 모험담 중간에 보면 별 희한한 내용이 다 들어 있습니다. 그래서 두꺼워진 겁니다. 이야기의 부피를 만들어내는 것은 일탈이며 말하자면 이것이 오락이지요.

쿤데라는 세르반테스를 언급하면서 자신이 '평생 추구해온 야심은 심각한 문제를 가장 가벼운 형식으로 던지는 것'이라고 말했습니다. 이것이 쿤데라식의 소설 미학이라고 할 수 있지요. 경박한 형식과 진지한 주제는 삶의 진실을 즉각적으로 드러내고 우리는 참을 수 없는 존재의 가벼움을 경험한다, 그는 이렇게 이야기합니다.

너의 운명으로 달아나라

정체성의 구조

이제 『정체성』에 대해서 살펴보겠습니다.

줄거리는 복잡하지 않습니다. 쿤데라의 소설이 대개 그렇듯 처음에 주제나 모티브를 제시하고 변주시키며 사색을 덧붙이고 반전을 집어넣습니다. 샹탈과 장마르크가 소설의 주인공입니다. 이전 작품과 다르게 프랑스어로 쓰인 소설은 주인공 비중이 줄어듭니다. 『무의미의 축제』로 가면 그 양상이 더 강해지고 인물들은 캐리커처화됩니다.

작품의 주제이기도 한 정체성이란 무엇인가요? 정체성으로서의 주체는 이론화되어 있습니다. 즉 대타자의 부름에 의해 주체가 탄생한다는 알튀세르의 '호명 이론'입니다. 대타자가 나에게 부여한 역할과 자신을 일치시키는 겁니다. 그럼으로써 비로소 내가 정체성을 갖게 됩니다. 대타자는 여러 위치에 있어요. 신, 국가, 아버지 등 자기 존재를 보증해주는 모든 것이 대타자입니다. 이 구조상으로는 대타자가 먼저 존재해야 합니다. 그래야 주체가 성립할 수 있습니다. 다르게 말하면 정체성을 가질 수 있게 됩니다.

라캉의 정신분석에서는 정체성을 이렇게 이야기합니다. '자기'는 어떻게 만들어지는가? 거울 단계에서 만들어진다고 합니다. 아이가 거울을 봅니다. 거울 속에 비친 '나'가 있겠죠. 비친 이미지는 나이면서 비아非我입니다. 실제 나는 다른 존재입니다. 나이면서 내가 아닌 존재가 거울에 있습니다.

'자기'는 이 '나 아닌 나'로부터 분리된 이미지인데, 그것과 나를 동일시할 때 자기개념이 형성됩니다. 그런데 이는 자연스럽게 이루어지지 않습니다. 아이가 거울을 보고 바로 '저건 나야!' 하고 생각하는 게 아니라 그 동일성을 보증해줄 제삼자가 필요합니다. 아이가 거울을 본 뒤 엄마에게 확인합니다. 나인지 확인받는 거예요. 엄마가 고개를 끄덕여주어야 합니다. 그러면 거울 속 이미지와 자기를 동일시하게 됩니다. 이렇게 보증해주는 존재가 바로 대타자입니다. 내가 나이기 위해서는 나 혼자 있는 것으로 충분하지 않아요. 대타자가 있어야 합니다. 이것이 정체성의 구조입니다.

지금 샹탈은 정체성의 위기에 빠져 있습니다. 남자들이 더 이상 '나'를 쳐다보지 않아요. 어떨 때 내가 나임을 느끼는가? 바라봐주는 시선을 통해서입니다. 남자들이 꿈꾸는 샹탈, 즉 '보여지는 나'가 있습니다. 그런데 남자들이 쳐다보지 않으니까 내가 동일시할 수 있는 상이 없어진 겁니다. 그것이 샹탈의 정체성 위기입니다. 샹탈은 난교의 꿈을 꿉니다. (정확하게 작품에서 실행된 것인지 샹탈의 환상이나 꿈인지 모호합니다.) 이는 주체 이전의 단계입니다.

주체를 긍정하고 주체가 되어야 한다는 쪽에 주체 철학이 있다면 포스트모던 철학은 대부분 탈주체 철학입니다. 주체 철학의 부정적 양상을 비판합니다. 근대 이후 철학의 권좌에는 주체가 있었는데 포스트모던 철학은 다른 것을 제시합니다. 바로 들뢰즈 같은 철학자의 '기관 없는 신체'입니다. 눈, 코 등이 기관이

너의 운명으로 달아나라

라면 기관 없는 신체란 이것들이 식별되지 않는 세계입니다. 들뢰즈가 좋아하는 화가 중에 프랜시스 베이컨이 있는데, 그는 인물의 초상이 아니라 형상을 그립니다. 그 형상이 누구인지 식별할 수 없어요. 주체화, 개성화 이전 단계를 다룹니다. 정체성 위기라는 것 자체가 일반적인 구도로 보면 정치적 유토피아 기획의 몰락 이후와 같습니다. 이 작품은 그러한 문제에 대한 일종의 우화로도 읽힙니다.

샹탈의 직장 상사 를르와가 말합니다.

> "우리 시대는 우리에게 엄청난 것을 일깨워주었지. 인간에게는 세상을 바꿀 능력이 없으며, 인간은 결코 세상을 바꾸지도 않을 것이라는 거지. 이것이 혁명가로서의 내 체험에 따라 내린 궁극적 결론이야."

근대적 인간은 스스로를 역사 발전의 주체라고 봤습니다. 마르크스주의에서 혁명의 주체, 역사의 주체지요. 혁명은 누가 일으키느냐? 인간입니다. 특별히 노동자·농민을 통칭하는 인민이 혁명의 주체였습니다. 역사를 누가 이끌어 나가느냐? 인민들이 움직입니다. 대단한 주체입니다. 이 주체들이 프랑스혁명을 낳고, 러시아혁명을 낳았습니다.

쿤데라에게 68혁명의 실패는 그런 정치적 혁명의 종말을 뜻하는 사건이었고, 1989년의 사회주의 몰락과 해체는 이를 다시 확인시켜준 것에 지나지 않습니다. 쿤데라는 이러한 혁명에 환멸을 느끼며 혁명 시도 자체를 허망한 것, 가능하지 않은 것으로 거리를 둡니다. 또한 키치적이라고 비난하지요. 를르와라는 주변적 인물이 생각 없이 말하는 것처럼 보이지만, 쿤데라가 어떤 문제의식을 갖고서 작품을 썼는가를 엿보게 합니다.

이야기를 듣던 한 부인이 질문합니다.

> "그렇다면 우리가 왜 여기에 있는 걸까요? 우리는 무엇을 위해 사는 걸까요?"

마르크스주의자라면 정확하게 대답할 수 있습니다. 우리는 어떤 존재이고 어떠한 사명을 가지고 태어난 것이며 무엇을 위해서 살아야 할 것인가. 그런데 그러한 이념에서 벗어나면 문제입니다. 내가 그것을 받아들일 수 없다, 동의하지 않는다고 하면 진공상태에 놓입니다. 이것이 정체성 위기입니다.

먹고 싸는 존재

> "무엇을 위해 사느냐고? 신에게 인간의 살을 제공하기 위해서지. 왜냐하면 성경은 우리에게 삶의 의미를 찾으라고 요구하지 않았어. 우리에게 번성하라고 요구했지. 너희들은 사랑하고 번성할지어다. 이걸 잘 아서야지."

'먹고 싸는 존재'가 성경 말씀이라는 겁니다. 너희는 먹고 번성하라. 먹고 번성하는 것이 목적이라면 유력한 후보들이 있어요. 바퀴벌레, 쥐도 만만치 않습니다. 이것이 하느님의 뜻인가? 어떻게 살아야 한다는 이념이 빠지면 그렇게 됩니다. 이념을 배척하고 혁명을 부정할 때 쿤데라는 진공상태에 놓이게 됩니다. '어떻게 살 것인가'라는 물음이 빠진 겁니다. 마치 샹탈이 자신을 바라보는 남자들의 시선이 없음을 느끼고 위기에 처하는 것과 비슷하지요. 짧은 에피소드지만 덩치가 큰 문제를 건드리고 있습니다. 를르와의 요점은 이렇습니다. 복음서의 '사랑하라'는 영혼이나 정열의 사랑을 의미하는 게 아니고 교미하라는 뜻이다, 그래서 그 귀결이 난교입니다.

그렇다면 인간의 위대함은 어디 있는 것일까요? 를르와가 대표하는 세계관에서 인생의 본질은 삶을 지속시키는 것이며 출산이고 성교이고 유혹이고 키스인데, 궁극적으로는 성교와 출산에 모든 것이 걸려 있다고 말합니다. 즉 먹고 싸고 남는 존재로서의 인간입니다. 자연사적 연속성이지요. 허무주의이자 니체주의입니다. 니체가 형이상학을 망치로 부수었을 때 남는 것은 무엇인가요? 초월적 의미가 완전히 배제되어 반복되는 삶의 연속성입니다. 이 자연사적 연속성은 일종의 영원회귀라고 할 수 있습니다. 태어나서 살다가 낳고 죽고, 반복됩니다. 세대에서 세대로 이어지고요. 쿤데라는 비슷한 구도의 문제를 다루고 있습니다. 주체에 대한 부정, 거부입니다.

『정체성』에서 인간을 바라보는 시각이 재미있습니다. 가장 중요한 것은 생리대, 기저귀, 세제, 먹거리입니다. 이를 통해서 인간의 자연사적 삶이 순환되기 때문이지요. 다른 건 중요하지 않습니다. 이에 비하면 예술이나 문학은 전부 부수적입니다. 핵심은 생리대, 기저귀, 세제, 먹거리 이 네 가지입니다.

> "이것이 인간의 신성한 순환 계통이고 우리 임무는 이를 발견하고 포착하고 정의할 뿐 아니라 그걸 미화해서 노래로 바꾸는 거야."

이때 '우리'라고 하지만 저는 쿤데라가 이 합창단원의 멤버라고 생각해요. 쿤데라가 노래하려는 바는 우리에게 필요한 건 생리대, 기저귀, 세제, 먹거리뿐이라는 것입니다. 이 작품에서 제기하는 도발입니다.

연하의 남편 장마르크는 샹탈의 정체성을 회복시켜주려 노력합니다. 책의 결말 부분에서 장마르크는 전통적인 방식으로 당신을 바라보는 또 다른 남자의 시선이 있다는 것을 편지를 통해 샹탈에게 알려줍니다. 샹탈이 잠시 떠났다가 둘은 재회하지요. 무의미의 축제 쪽으로 넘어가지는 않고 다시금 정체성에 안착하는 것으로 보입니다.

쿤데라의 소설을 전반적으로 살펴보면 작품에 따라서 각각 다른 주제를 별도로 다룬다기보다는 『농담』부터 쭉 이어져 오는 주제의 반복과 변주가 있습니다. 저는 이것이 쿤데라 소설의

경로라고 생각합니다. 그 연관성에 따라 쿤데라의 대표작들을
계속 읽어보도록 하겠습니다.

두 가지
농담

"내 인생의 모든 일들을 전부 취소할 수 있다면 얼마나 좋을까? 하지만 그 일들을 초래한 실수들이 내가 한 실수들이 아니라면 나는 무슨 권리로 그것을 취소할 수 있겠는가? 이런 실수들은 너무도 흔하고 일반적이어서 세상 이치 속에서 예외나 '잘못'도 될 수 없고 오히려 그 순리를 구성하는 것이었다. 그렇다면 누가 잘못한 것이란 말인가?"

쿤데라의 데뷔작이자 장편소설 『농담』을 살펴보겠습니다.

1965년 집필된 『농담』은 검열 관련 문제로 우여곡절 끝에 체코에서 1967년에 출간되었습니다. 그리고 1968년에 바로 프랑스어로 번역되면서 주목받았고 그 계기로 쿤데라는 프랑스를 왔다 갔다 하다가 1975년 아예 이주합니다.

시와 소설에서 말하는 혁명이란

앞서 소개했듯 『농담』은 7부 구성으로 다성적 구조에 소극적인 내용입니다. 진지함과 우스꽝스러움을 결합시키는 것이 쿤데라의 주된 전략이며 동시에 라블레와 세르반테스의 전통이기도 합니다. 세르반테스의 일탈(여담)은 소설 문학에서 중요한 의미를 가지고 라블레가 보여주는 '인간은 먹고 싸는 존재'라는 인간관도 우리가 주목하는 면입니다.

중세적 인간만 하더라도 육체적 차원은 억압되었습니다. 인간에게 가치 있는 것은 형이상학적인 면뿐이었고 한시적으로 카니발 같은 축제 공간에서만 육체적 존재를 과시할 수 있었습니다. 이를 근대소설에서 전복한 겁니다. 이슬람권에서는 근대소설에 대한 억압이 있었습니다. 살만 루슈디 같은 작가가 필화를 겪기도 하지요. 루슈디 구명 운동에 쿤데라도 관여합니다. 소설 『악마의 시』1988가 무함마드를 모욕했다는 이유로 1989년 이란의 호메이니로부터 사형선고파트와를 받고 루슈디는 10여 년 이상 도피 생활을 했는데, 그때 유럽의 여러 작가들이 루슈디를 옹호했습니다. 쿤데라 역시 적극적이었습니다.

중세에서 근대로 넘어가는 것은 사회경제적 토대의 변화인 동시에 세계관의 변화를 뜻합니다. 이를 가장 잘 보여주는 것이 근대소설입니다. 중세에는 허용하지 않았던 바가 모든 권위에 대한 풍자와 패러디였습니다. 근대소설은 이를 강화하고 확산시킵니다. 이러한 소설의 역할이 이슬람권에서는 억압되어 있습니다.

말하자면 소설이 신봉하는 이데올로기가 있습니다. 다성多聲주의, 정치적으로는 민주주의지요. 소설과 민주주의는 친화적입니다. 이 생각은 미하일 바흐친에게 빚지고 있습니다. 다성악이라는 용어는 쿤데라도 쓰지만 바흐친의 주요한 이론적 개념입니다. 다성악, 대화주의dialogism, 이를 실제 현실 정치 체제와 연관 짓자면 민주주의와 가깝습니다. 민주주의는 다수의 목소리를 허용하고 공존을 배척하지 않는 겁니다. 진리는 하나가 아니라 여럿일 수 있다는 것이 기본 전제겠지요. 이를 인정하지 않으면 민주주의는 성립할 수 없습니다. 이와 대비되는 것이 독백주의이고 단일성의 신화, 곧 진리는 하나라는 믿음입니다. 하나의 의견만이 옳다면 나머지는 배척하거나 억압하게 되겠지요. 왜? 틀렸으니까.

바흐친은 도스토예프스키를 예로 드는데, 도스토예프스키 소설에서는 여러 목소리가 공존하고 나란히 울려 퍼진다는 겁니다. 하나의 목소리가 지배하지 않습니다. 쿤데라가 소설에 대해서 가진 생각도 이와 비슷합니다.

반면 시는 혁명에 친화적입니다. 쿤데라가 『삶은 다른 곳에』1973에서 다루는 주제이기도 합니다. 이와 달리 소설은 혁명과 거리가 있다고 말합니다. 그에 따르면 '혁명 소설'은 형용모순입니다. 대개 쿤데라 소설에서 혁명은 의심받고 희화화됩니다. 그리고 혁명은 앞서 언급한 키치와 동일시됩니다. 간명하게 정의하면 똥이라는 것은 키치에 대한 부인, 부정입니다. 인간이 먹고 싸는 존재라는 사실에 대한 부정이에요. 그래서 인간에 다른 이미지를 부여합니다. 좀 더 고상하고 대의에 복무하는 포즈 잡는 인간, 행진하는 인간의 대척점에 소설이 옹호하는 먹고 싸는 인간이 있습니다. 압축하면 쿤데라의 소설은 똥을 부정하는 키치에 대한 전면적인 비판이고 공격이며 조롱입니다.

『농담』의 주제는 제목 그대로 '농담'이지만 쿤데라 소설을 뭉뚱그려서 전부 농담이라고 해도 틀리지 않습니다. 단일성의 신화, 유일성의 진리를 주장하는 태도나 입장에 농담으로 맞장 뜨는 것이 그의 소설입니다. 그래서 『농담』은 작가의 출발점인 동시에 그의 문학의 예고편입니다. 작가로서 쿤데라의 존재 증명이라고도 생각됩니다.

전체주의 사회에 대한 농담

프랑스에서는 1984년에 『참을 수 없는 존재의 가벼움』이 발표되는데, 이 작품이 대대적인 붐을 낳습니다. 이 시기에 너나 없이 쿤데라의 작품을 읽었다는 겁니다. 『농담』이 1948년 이전을 다룬다면 『참을 수 없는 존재의 가벼움』은 1968년 '프라하의 봄'이 배경입니다. 1948년은 체코슬로바키아가 사회주의혁명에 의해 사회주의공화국으로 성립되는 시기입니다. 앞서 언급했듯 1948년과 1968년은 작가의 생애에서 중요한 해입니다. 정치사적 연도이기도 하지요. 따라서 『농담』은 사회주의 또는 전체주의의 문제점을 비판하는 대표적인 작품으로 지목됩니다.

쿤데라는 자신의 소설에서 정치적 사건의 의미를 축소하려고 합니다. 그런데 이러한 사건을 빼면 그의 소설에 힘이 부족해지지요. 작가는 비판하고 부정하지만 그의 작품을 의미 있게 하는 것은 정치적 사건들입니다. 억압적인 통제 사회에서 농담이 더 큰 의미를 갖지 않을까요. 사회주의가 몰락하지 않았다면 쿤데라는 더욱 대단한 작가가 되었을지 모릅니다. 사건이 사라지니 쿤데라가 쓸 수 있는 것은 '무의미의 축제'밖에 없습니다.

『무의미의 축제』에서 그는 특이하게도 주된 모티브로 스탈린의 농담을 이야기합니다. 스탈린의 농담이라도 데려와야지 작품이 긴장감을 가질 수 있습니다. 그마저 빠진다면 정말 아무것도 없어요. 그의 소설은 성립이 안 됩니다. 바로 쿤데라 소설의 특징 때문인데 인간의 내면 심리에 대한 정밀한 묘사를 제공한다면 사정이 다릅니다. 그런데 쿤데라의 작품은 어떠한 사건을 문제 삼고 비판하는 것이 주된 목적입니다. 그의 문학의 핵심 구성소지요.

쿤데라가 초기에 세 권의 시집을 냈지만 이를 부정하며 재출간을 허용하지 않는다고 말씀드렸지요. 쿤데라가 말하는 혁명, 전체주의는 전부 시와 연결되며 그는 이를 통째로 비판합니다. 쿤데라에게 서정시를 쓰던 시절이 있었다는 것은 사실 자기비판거리이기도 합니다. 그러다 보니 서정시인의 경력은 제외시켜야겠지요.

가령 『삶은 다른 곳에』에서는 랭보의 시와 함께 프랑스와 러시아의 혁명 시인들이 등장합니다. 역시 배후에 있는 것은 혁명 시인들에 대한 쿤데라식의 희화화 또는 조롱입니다. 혁명의 나팔수 노릇을 하는 것은 미성숙할 때만 가능하지요. 소설은 기본적으로 성숙을 전제로 합니다. 다양한 목소리가 공존할 수 있어야 한다는 가치관을 받아들이는 겁니다. 이것이 쿤데라가 말하는 성숙한 태도이고요.

『농담』을 전체주의와 연관 지어 해석하는 것은 가장 일반적인 방식인데 작품에서 다루어지는 맥락 때문입니다. 현실 사회주의를 전체주의라고도 합니다. 하지만 전체주의는 사회주의뿐 아니라 파시즘도 포함합니다. 나치즘과 스탈린주의, 보통 이 두 가지를 가리킵니다. 개인의 자유를 억압하고 집단의 가치를 우선시한다는 의미에서 전체주의라고 하는데, 이 용어는 유의해서 사용해야 합니다. 상이한 체제를 함께 가리켜 둘 다 나쁘다고 말하는 것이기 때문입니다.

어떤 면에서 유효하지만 다른 관점에서는 서로 간의 차이점을 고려하지 않기 때문에 유의해야 하는 것이지요. 원론적으로 말씀드리면 어떠한 개념은 현상이나 사태를 보게 하는 동시에 못 보게 합니다.

들뢰즈는 철학을 '개념의 발명'이라고 정의했습니다. 개념은 '보게 하기' 때문에 중요합니다. 우리가 개념을 습득하면 그로부터 새로운 시야가 열립니다. 하지만 이면도 있습니다. 즉 보게 하지만 보지 못하게도 합니다. 여러 개념을 바꿔가며 살펴봐야겠지요. 전체주의라는 개념 역시 무엇인가를 보게 합니다. 그런데 동시에 가립니다. 유의하지 않으면 고정적인 틀로만 바라보게 됩니다.

새로운 인식, 새로운 앎

쿤데라는 『소설의 기술』에서 소설사는 세 단계를 거친다고 했습니다. 첫 단계가 세르반테스의 서사적 소설, 두 번째가 플로

베르가 발명한 묘사적 소설이에요. 플로베르는 정밀한 묘사를 제공합니다. 세르반테스 소설이 진화한다고 해서 이러한 묘사가 자연스럽게 나오는 건 아닙니다. 새롭게 발명하는 겁니다. 말하자면 기원이 다르다고 할 수 있습니다. 마지막으로 성찰적 소설이 있습니다. 쿤데라의 소설은 이 마지막 단계에 속합니다. 성찰적이고 사변적인 내용이 많은데 이런 소설은 그가 발명해낸 것은 아닙니다. 오스트리아 작가 무질이나 브로흐, 폴란드 작가 곰브로비치나 체코의 카프카 등이 새로운 소설을 탄생시킨 겁니다. 쿤데라는 그 계보의 연장선상에 자기 자신을 위치시킵니다. 그가 주로 다루는 것은 성찰입니다. 인간 실존이나 현실 세계에 대한 새로운 앎, 인식을 소설을 통해 제공한다고 생각해요. 새로운 인식을 통해 소설을 정당화하고자 합니다.

그렇다면 『농담』에서는 어떠한 성찰을 제시하고 있을까요? 『농담』에는 15년의 시간적 스케일이 담겨 있습니다. 젊은 시절부터 15년 뒤에 중년이 된 인물들까지 다루고 있는데, 사회주의라는 전체주의 체제 아래 개인의 운명이 어떻게 달라지는가를 살펴봅니다.

주인공인 루드비크와 그의 친구 야로슬로프 외에 조연으로 헬레나, 제마네크 등이 나옵니다. 그들의 개인적인 운명을 통해 삶이란 무엇인가를 생각합니다. 그런데 삶은 진공상태에 놓여 있지 않습니다. 특정한 시대, 특정한 체제하의 삶입니다. 이를 들여다보면 자연스럽게 사회구조를 엿보게 되지요. 체제가 어떤 삶을 가능하게 하는지 또는 어떤 삶을 불가능하게 하는지 성찰할 수 있게 됩니다. 그러한 기회를 제공하는 것이 쿤데라 소설의 의의입니다.

농담은 작가의 소설적 사고가 응축된 키워드이고 쿤데라의 모든 소설을 관통한다고 했습니다. 달리 '무의미의 축제'라고 부를 수도 있습니다. 축제는 농담이기도 합니다. 농담은 위계나 질서를 흔들지요. '말'이라면 진실을 진지하게 전달해야 한다고 생각할 수 있는데, 농담의 전제는 진지하게 받아들이지 말라는 것입니다. '내가 하는 말을 너는 진지하게 받아들이면 안 돼'라는 것이니 농담은 특이한 커뮤니케이션이지요.

전체주의의 독백적인 사회에서는 말이 하중을 지닙니다. 진지하고 엄숙해야 합니다. 어조도 정해져 있습니다. 그래야 말의 위엄이 지켜진다고 보기 때문입니다. 그런데 다른 사람들이 그 어조를 흉내 낸다면 농담이 됩니다. 진지함, 무게감을 격하시키니까요.

농담을 표제로 이야기하는 이면에는 농담이 허용되는 사회와 허용되지 않는 사회, 웃음이 허용되는 사회와 허용되지 않는 사회의 대비가 있습니다. 움베르토 에코의 『장미의 이름』1993의 테마이기도 하죠. 웃음이 허용되지 않는 중세 말을 배경으로 한 소설이었지요. 엄숙주의라는 점에서 사회주의는 대단히 종교적이고 중세적입니다. 종교를 인민의 아편이라고 억압했지만 다른 우상을 섬기지 말라고 한 점에서 다르지 않습니다. 다른 신앙을 부정하고 배격하는 겁니다. 이와 달리 농담이 가능하려면 타자성이 도입되어야 합니다. 다른 말, 다른 관점이 들어와

너의 운명으로 달아나라

야 간격이 벌어지고 그 틈새가 웃음을 유발합니다.

가벼운 농담 한마디

『농담』의 주인공 루드비크는 기분이 상해서 수련회에 간 여자 친구에게 농담 하나를 엽서에 써 보냅니다. 그런데 그것이 빌미가 되어 인민재판을 받고 숙청 대상이 됩니다. 그 농담은 "낙관주의는 인민의 아편이다!"입니다. 무엇을 패러디한 것인가요? '종교는 인민의 아편이다'에 종교 대신 낙관주의를 넣었습니다. 낙관주의는 사회주의 또는 공산주의를 말합니다. 사회주의 리얼리즘에서 만들어진 선전 포스터를 보면 알 수 있는데 구호는 전진하라, 밝은 미래 등 이런 식이고 전부 웃고 있습니다.

중국의 유명한 현대 회화 작가 웨민쥔이 있습니다. 그의 작품을 보면 웃을 상황이 아닌데 모든 인물이 입을 활짝 벌리고 웃고 있습니다. 사회주의 리얼리즘을 패러디한 그림입니다. 너무 웃다 보니 바보 같아요. 공식 이데올로기를 풍자하는 것입니다. 직접 사회주의 리얼리즘을 반대하는 게 아니라 이에 정말 충실함을 보여줌으로써 뒤집고자 합니다.

쿤데라의 입장은 모든 이념^{이즘}에 대한 혐오입니다. 이념은 사람들을 개인이 아니라 집단으로 호명합니다. 아이러니한 것은 젊을 때 쿤데라가 '인간의 얼굴을 한 사회주의'에 적극적으로 관여한 것입니다. 그런데 다 실패하죠. 앞서 말씀드렸지만 쿤데라는 1948년의 기획에 앞장서지만 실패하고, 1968년에도 앞장서지만 실패한 이력을 가지고 있습니다. 그런데 거기서 다른 '이즘'으로 나아가는 것이 아니라 모든 '이즘'에 대한 부정으로 갑니다.

쿤데라가 이력을 세탁했다고 하면서 그가 자신의 작품 해석에 정치적 입장을 관여시키는 것을 부정한다고 했지만 그렇다고 해서 그가 비정치적인 작가는 절대로 아닙니다. 어떻게 그가 정치를 배척하게 되었는지 맥락이 있기 때문에 독자로서는 결과뿐 아니라 과정까지 살펴봐야 한다고 생각합니다.

작품 구성과 관련해서 의미 있는 지적이 있습니다. 『농담』에서 루치에의 이야기는 종결되지 않은 상태로 끝납니다. 그리고 작가는 유일하게 루치에에게 목소리를 부여하지 않습니다. (쿤데라는 나중에 의도적이었다고 이야기합니다.) 작가는 애초 무덤가에서 꽃을 따는 처녀의 이야기를 듣고 『농담』을 구상했다고 합니다. 처녀, 즉 루치에가 실존 인물이기 때문에 현실에 충실하려다 보니 완벽하게 묘사되지 않는다는 겁니다. 현실은 연속적이므로 이에 충실하고자 한다면 처음과 끝을 갖기 어렵습니다. 또는 갖는다 해도 임시적입니다.

그렇다고 이 작품이 형식미를 포기한 것은 아닙니다. 나머지 부분은 완결성을 갖습니다. 앞서 언급했듯 7부 구성은 쿤데라가 고안한 안정적인 형식입니다. 현실에서 소재를 가져오지만 작품은 독자성을 가져야 하고 현실과 분리되어야 합니다. 그러려면 쿤데라에게는 안정적인 형식인 7부 구성이 필요합니다. 대칭되는 6부 구성을 피하고 형식을 맞추는 동시에 어느 정도 여유를 얻고자 한 고려가 7부 구성이며 6부의 짜임새에서 이탈하는 내용을 갖게 합니다. 『농담』을 살펴보면 복수의 화자가 등장하는데 루드비크가 1·3·5·7부에, 헬레나가 두 번, 야로슬라프도 두 번 나옵니다. 1·2·3·4·5·7부는 규칙적이지만 6부 코스트카가 변칙으로 들어가 있습니다.

이 소설은 루드비크가 모종의 목적을 갖고 모라비아 고향 땅을 밟는 것으로 시작합니다. 루드비크는 농담 한마디 때문에 대학에서 제명되고 탄광에서 노역한 전력을 가지고 있습니다. 루드비크는 거듭되는 자아비판 끝에 모든 사회적 권리를 박탈당하고 유형 생활을 합니다. 그 이후 많은 시간이 흘렀고, 인터뷰 중에 우연히 기자가 학창 시절 인민재판에서 주역을 담당했던 학생회장 제마네크의 아내라는 것을 알게 됩니다. 그러고는 제마네크의 아내, 헬레나를 유인해서 밀회를 갖겠다는 복수의 음모를 꾸밉니다. 이 작품은 루드비크가 여러 인물과 다시 만나는 모습이 나옵니다. 제마네크, 헬레나 커플과의 재회, 유형 생활에서 만난 루치라는 처녀와의 재회. 이 만남의 전과 후를 대비시키는 구성입니다.

이 소설에는 두 가지 농담이 있습니다. 하나는 루드비크의 농담이고 다른 하나는 역사의 농담입니다. 『농담』의 결말만 보면 그의 복수가 해프닝으로 끝나고 맙니다. 루드비크는 작품에서 두 번 당합니다. 자기 농담에, 역사의 농담에 얻어맞습니다. 단순하게 전체주의를 비판한 소설로 보기에는 작품의 서사가 맞지 않습니다. 만약 그렇다면 후반부는 전체주의 비판이라는 주제에 비협조적입니다. 강화한다기보다 비트는 것으로 보입니다.

첫 번째 실패, 유형 생활은 루드비크의 치기 때문입니다. 이는 루드비크 때문이 아니라 체제 문제입니다. 그런데 두 번째는 루드비크의 오판이 문제였습니다. 헬레나를 유혹해서 제마네크에게 복수하려던 시도는 실패하고 자신의 농담을 허용하지 않았던 체제에 엿 먹이려고 했던 것 역시 허사에 그치고 맙니다. 시간의 경과가 불가피하게 만들어낸 또 다른 진실을 인정하지 않았던 것, 그에 대한 오판과 착각이 루드비크로 하여금 한 대 더 얻어맞게 합니다.

그래서 저는 이 작품이 농담 1, 농담 2를 다루고 있고, 전체주의에 대한 것은 농담 1뿐이라고 생각합니다. 농담 2는 전체주의와 관계가 없습니다. 이는 루드비크가 가진 세계관과 관련 있습니다. 15년이 지났음에도 복수가 가능하려면 15년의 시간이 지워져야 합니다. 어제 일처럼 생생해야겠지요. 그래야 자신도 복수심으로 불타오를 수 있고 복수의 대상 역시 이를 인지하고 있어야 합니다. 상대방이 기억도 못하는데 복수하겠다고 하면 곤란하지요. 내가 지금 왜 복수하러 왔는지 다 이해해야 하고요.

시간의 경과가 가져온 변화

문제는 시간이 지워져야 한다는 것입니다. 비슷한 착오는 피츠제럴드의 『위대한 개츠비』에도 나옵니다. 개츠비가 5년 만에 데이지 앞에 나타나서 구애하며 그 5년의 시간을 없던 것으로 하려고 합니다. 그것이 개츠비가 실패하는 이유입니다. 서정시에서는 가능합니다. 그 어떤 시에서도 주인공은 예찬받을 수 있습니다. 서정시는 무시간적 세계이거나 시간의 의미가 축소된 세계여서 그렇습니다. 소설에서는 다릅니다. 소설에서는 시간의 경과가 의미를 갖습니다. 루드비크가 간과한 것이 그겁니다. 사랑해서 결혼했다, 맞는 말입니다. 그런데 15년 뒤라면? 여전히 사랑하고 있는지 다시 확인해봐야 합니다. 시간은 많은 것을 변화시킵니다.

소설에서 세계의 본질은 시간과 함께 주어집니다. 다르게 말하면 시간이 본질을 변화시키고 변질시킵니다. 루드비크가 복수에 눈이 멀어 간과한 것, 그에 대한 응징이 농담 2입니다.

루드비크는 방송국 기자 헬레나가 제마네크의 부인이라는 것을 알고 모라비아에서 만나자고 합니다. 재회 이야기는 조금 우스워요. 루드비크는 헬레나가 자신에게 사랑에 빠지게 만듭니다. 헬레나가 다른 남자에게 몸도 주고 마음도 주어 남편에게 수치가 되게 하는 것이 복수의 의도였습니다. 그래서 헬레나와 정사를 나누고 그녀는 루드비크에게 빠집니다. 그는 별 감정이 없습니다. 순전히 복수심으로 헬레나에게 접근한 겁니다. 최초의 음모가 구현되는 장면입니다.

나는 헬레나의 얼굴, 붉게 상기되고 찡그려서 보기 싫어진 그녀의 얼굴을 바라보았다. (…) 나는 그녀의 얼굴을 오른쪽으로 돌렸다 왼쪽으로 돌렸다 여러 번을 반복했고, 그러다보니 점점 그 동작은 뺨을 치는 것으로 변해버렸다. 한 번 더 내려치고, 다시 한 번 세 번째로 내려쳤다.

정사를 나누면서 루드비크가 헬레나의 뺨을 때립니다. 하지만 그가 기대한 것과는 다른 결과를 얻습니다.

헬레나는 흐느껴 울고 소리 지르기 시작했으나 결코 고통스러워서가 아니라 너무 좋아서, 내게로 턱을 쳐들고 소리를 내지르는 것이었으며, 나는 그녀를 때리고, 때리고, 또 때렸다.

일단 여기서 어긋납니다. 모욕을 주기 위해서 때렸는데, 헬레나는 이를 애정 표현으로 받아들여서 즐거워합니다. 많이 때려서 얼굴이 벌겋게 되었어요. 루드비크는 혼자 만족감을 느낍니다. 복수했다고 말이지요. 혼자만의 서정적 몽상이죠. 내가 때렸고 너는 모욕감을 느낀다, 이것이 루드비크의 시나리오입니다.

내 얼굴(미소 짓고 있는)이 그러고 있는 것을 문득 발견하니 우스워서 나는 크게 웃음을 터뜨렸다. (…) 잠깐만이라도 혼자 앉아서 나의 이런 돌연한 고립감을 즐기고 싶었고, 내 기쁨에 대하여 기뻐하고 싶었다.

여기까지는 그나마 괜찮습니다. 그런데 헬레나는 루드비크를

너의 운명으로 달아나라

사랑한다고 고백하면서 남편과의 관계를 폭로합니다.

> "바보, 그 사람하곤 벌써 3년 전에 끝났단 말이야. 딸아이 때문에 이혼하지 않은 거지. 우린 각자 따로 살아. 정말로 서로 낯선 사람들처럼. 나한테 그 사람은 단지 과거, 아주 먼 과거일 뿐이야."
>
> "정말인가?"

기뻐서 하는 이야기가 아닙니다. 헬레나와 제마네크가 사랑해야 하는데, 벌써 각방 쓴 지 3년 됐다는 겁니다. 이 정도에서 끝나지 않습니다. 쿤데라가 나름 짓궂은 작가거든요. 제마네크를 찾아가니까 정작 그에게는 젊은 애인이 따로 있습니다. 복수의 대상을 잘못 고른 거죠. 헬레나 대신 젊은 애인을 유혹해야 했던 것입니다. 제마네크는 루드비크에게 오히려 고맙다고 합니다. 헬레나와 잘 되길 바란다고요. 루드비크는 의도하지 않게 원수를 은혜로 갚은 겁니다. 짓궂은 농담이죠. 왜 이렇게 됐는가? 15년의 시간을 간과했기 때문입니다. 같은 강물에 두 번 발을 담글 수 없죠. 복수는 시간을 고정시켜야 가능합니다. 말 그대로 루드비크의 복수와 음모는 미숙한, 서정적인 몽상에 의해서만 가능했던 이야기입니다.

> 내 인생의 모든 일들을 전부 취소할 수 있다면 얼마나 좋을까? 하지만 그 일들을 초래한 실수들이 내가 한 실수들이 아

니라면 나는 무슨 권리로 그것을 취소할 수 있겠는가? (…) 나는, 나 자신이, 그리고 내 인생 전체가 훨씬 더 광대하고 전적으로 철회 불가능한 농담(나를 넘어서는) 속에 포함되어 있는 이상, 나 자신의 농담을 아예 없던 것으로 만들 수는 없다는 것을 깨달았다.

그는 대가를 치르며 뒤늦게 깨닫습니다. 시간이 흘렀고 제마네크도 달라졌습니다. 루치에 또한 당연히 달라졌습니다. 그가 그동안 인정하지 않았던 것입니다. 시간이 가져온 변화를 수용하는 것이 소설적 인식이자 소설적 성숙입니다. 이 작품의 큰 주제지요.

갑자기 모든 것이 선명하게 보였다. 사람들 대부분은 두 가지 헛된 믿음에 빠져 있다. 기억(사람, 사물, 행위, 민족 등에 대한 기억)의 영속성에 대한 믿음과 (행위, 실수, 죄, 잘못 등을) 고쳐볼 수 있다는 가능성에 대한 믿음이다. 이것은 둘 다 마찬가지로 잘못된 믿음이다. 진실은 오히려 정반대다. 모든 것은 잊히고 고쳐지는 것은 아무것도 없다.

사람들은 기억이 영구적이라고 생각하지만 그렇지 않습니다. 또한 과거의 일을 교정하려고 하지만 불가능하지요. 루드비크는 마지막에 깨달음을 얻게 됩니다. 이를 '낭만적 거짓'에 대응하는 '소설적 진실'이라고 합니다. 그는 『농담』에서 낭만적 거짓에, 기만

너의 운명으로 달아나라

에, 착각에 빠져 있다가 깨달음 혹은 소설적 진실에 도달합니다.

『농담』다시 읽기

『농담』을 읽을 때 함께 살펴볼 만한 배경은 쿤데라와 관련된 한 스캔들입니다. 그는 2008년에 구설수에 오른 적이 있습니다. 체코의 한 일간지가 '드보라체크 사건'을 들어 쿤데라의 전력을 폭로한 것입니다. 이에 따라 조금 다른 맥락에서도 『농담』을 살펴볼 수 있습니다.

경찰 문서가 공개됐는데 1950년, 쿤데라가 21세 때입니다. 그는 대학생 시절 기숙사 대표를 맡았습니다. 기숙사에 머물던 한 여대생의 남자 친구가 공군 조종사 드보라체크였는데, 그는 1948년 체코가 공산당에 장악되자 독일로 탈출했다가 스파이로 포섭된 이후 다시 체코에 들어옵니다. 그 여대생의 방에 남자 친구 드보라체크의 가방이 있었습니다. 이를 본 쿤데라가 밀고합니다. 건전한 사회주의 시민으로서 행동한 것입니다.

드보라체크는 체포돼서 22년형을 선고받았고, 우라늄 광산에서 14년 동안 노역한 다음 1964년에 풀려납니다. 『농담』은 1965년에 쓰였고요. 15년 만에 복수를 시도한다는 것도 시간대가 맞아떨어집니다. 물론 쿤데라는 이런 폭로를 전면 부정하지요. 근거 없는 사실이라고 했지만 확정적이지는 않습니다.

공산당 보고서인데 공식 문서는 아니고 정보 보고 비슷한 겁니다. 쿤데라의 서명은 없습니다. 날짜와 시간, 시민증만 있었고요. 쿤데라가 직접 쓴 것이 아니고, 경찰이나 비밀 요원이 적어놓은 것입니다. 1929년생, 이름은 쿤데라. 쿤데라로부터 제보가 들어왔고 드보라체크를 체포했다는 내용입니다. 공식적인 것이 아니기 때문에 쿤데라는 부인했고 의견이 나뉩니다. 작가들은 쿤데라 편을 듭니다. 쿤데라에 대한 음모, 모략이라고 합니다. 물론 정확한 진실을 알 수는 없습니다.

그런데 피해 당사자들은 쿤데라라고 증언합니다. 드보라체크의 아내도 마찬가지입니다. 그녀는 '남편은 자신이 쿤데라에 의해 고발당했음을 알고 있었다. 그리고 쿤데라가 좋은 작가인지는 몰라도 결코 인도주의자는 아니다'라고 말합니다. 이 고발은 자연스러운 것이며 시민의 의무이기도 할 텐데 문제는 쿤데라였기 때문에 화제가 된 것입니다. 쿤데라는 이런 행동을 비판해왔기 때문이죠. 그가 제마네크처럼 행동한 겁니다.

그렇다면 이 작품을 다르게 읽을 수 있습니다. 쿤데라는 루드비크가 아니라 제마네크가 아닐까. 15년 만에 돌아와서 복수하려고 생각하지 말라고. 그러한 메시지를 전달하는 작품은 아닌가. 원래는 쿤데라가 1950년에 공산당으로부터 출당당하는 사건과 연관해서 쿤데라를 루드비크와 동일시하려 했습니다. 그의 직접적인 경험에서 소재를 가져온 것으로 짐작했지요. 그렇다면 루드비크가 봉변당하는 것이 맞지 않습니다. 그렇지만 제마네크로 바꾸어놓으면 잘 들어맞습니다.

쿤데라 역시 이 사실을 인지했을 듯합니다. 드보라체크가 겪

너의 운명으로 달아나라

은 일은 잘못의 대가치곤 너무 큽니다. 한 사람의 인생이 완전히 망가졌기 때문입니다. 이것이 사실이라면 쿤데라는 이 작품을 쓸 만한 충분한 이유가 있지 않았을까. 물론 현재로선 정확하게 알 수 없습니다.

미체험의
행성

"영원회귀가 가장 무거운 짐이라면, 이를 배경으로 거느린 우리 삶은 찬란한 가벼움 속에서 그 자태를 드러낸다."

이제 쿤데라의 대표작이라고 할 수 있는 『참을 수 없는 존재의 가벼움』의 주제에 대해 이야기해보겠습니다.

작품 속 모티브 가운데 주인공 토마시가 '미체험의 행성'에 대해 생각하는 장면이 나옵니다. 실제로 쿤데라가 제목으로 검토했던 것이 '미체험의 행성'이었습니다. (나중에 작가는 '참을 수 없는 존재의 가벼움'이라는 제목에 부합하는 작품은 『불멸』이지만 한번 사용했기 때문에 쓸 수 없었다고 말합니다.) '미체험의 행성' 개념은 니체의 영원회귀에 대한 쿤데라의 해석과 연관이 있습니다. 그 내용을 잠깐 보겠습니다.

쿤데라 대 철학자

쿤데라는 〈라 켕젠 리테레르La Quinzaine Littéraire〉라는 문학 잡지와의 인터뷰에서 철학자의 책을 즐겨 읽는다고 밝혔습니다. 쿤데라의 소설론에는 그가 좋아하는 철학자가 등장하기도 하지요. 플라톤, 데카르트, 니체, 후설, 하이데거, 사르트르뿐 아니라 라디슬라프 클리마나 얀 파토츠카 등 생소한 철학자들도 언급됩니다.

또한 그는 철학적 주제에 대해 직접 견해를 표명하기도 합니다. 소설가인 쿤데라가 철학적 견해를 제시하는 방식은 물론 소설을 통해서입니다. 에세이는 성찰을 담보하며 철학적인 성향을 갖습니다. 앞서 쿤데라가 프랑스어로 작품을 쓰면서부터 에세이와 소설을 분리했다고 언급했는데, 쿤데라 문학의 본령은 이 둘이 결합된 형태입니다.

니체의 영원회귀라는 악명 높은 개념이 있습니다. 쿤데라는 『참을 수 없는 존재의 가벼움』을 통해 이를 다루려고 하지요. 영원회귀를 말한 니체의 방식과 철학자들이 니체의 개념과 대결해온 역사가 있습니다. 쿤데라는 니체와 대결을 벌이는 동시에 영원회귀에 대한 해석을 놓고 여타 철학자들과 한판 붙는 듯합니다. 말하자면 쿤데라가 도전장을 내밀었다고 할까요.

독일 철학자 하버마스는 니체에 대해 이렇게 평가했습니다.

> 니체는 이성 개념을 또다시 탐색하는 것을 단념하고 계몽의 변증법과 결별한다. 니체는 역사적인 이성이라는 사다리를 이용한다. 결국에는 이 사다리를 내팽개치고 이성에 맞서서 신화의 세계에 굳건히 서려는 의도로 말이다.

하버마스는 니체를 비판합니다. 그는 철학적 계몽주의, 이성주의를 철저하게 옹호하는 철학자입니다. 합리주의 대 비합리주의, 계몽주의 대 몽매주의의 구도에서 하버마스는 사상과 철학의 경찰관 노릇을 합니다. 좋은 철학자들, 즉 칸트나 헤겔 등 이성주의 철학자와 나쁜 철학자들, 주로 프랑스 철학자인데 반합리주의 철학자로 나눕니다. 물론 염두에 두어야 하는 것은 독일과 프랑스가 사이가 안 좋다는 것이죠.

하버마스의 『현대성의 철학적 담론』1985에서 인용한 것인데, 이 책에서 그는 주로 프랑스 현대 철학을 비판합니다. 푸코, 데리다, 보드리야르, 바타유 등 이들을 도매금으로 묶어 비평합니다. 그러면서 누가 이들을 낳았는가 그 원흉으로 니체를 꼽습니다. 그래서 니체를 필두로 하여 비판해나갑니다.

앞서 언급했듯 니체의 초인 사상 등이 나치에 오용되면서 니체는 대표적인 나치 철학자로 부각됩니다. 그러다 보니 독일에서는 전후에 니체가 바로 복권되지 않습니다. 이런 분위기에서 니체를 변호하는 것은 자칫 나치즘의 옹호로 이해될 수 있어 조심스러운 겁니다. 그렇게 1950년대까지 이어지고 니체의 재발견은 1960년대 프랑스에서 이루어집니다.

프랑스에서 주요 철학자들이 모여 니체에 대한 콘퍼런스를 열었습니다. 발표된 글들을 묶어 『새로운 니체』1977를 펴냅니다. 오명을 덮어쓴 니체를 구제하려면 이른바 세탁을 해야 합니다. 새로운 니체를 등장시키고 그러한 니체가 푸코, 데리다 등 프랑스 대표 철학자들에게 영향을 줍니다.

근대 독일 계몽주의의 적통을 자임하는 하버마스는 프랑스 철학자들이 마음에 안 듭니다. 그는 니체에 대한 오래전 이미지를 그대로 가지고 있었습니다. '새로운 니체'는 이성에 공격적이며 몸 철학, 생리학적 철학이라고도 불립니다. 니체는 인간의 뇌가 위를 닮았다고 하는데 이성주의자가 보기에는 모욕적일 수 있습니다. 인간의 정신과 생리 기관은 형이상학과 형이하학만큼이나 큰 차이가 나는데 둘을 동일시하는 것입니다. 새로운 니체에 대한 생각이 20세기 후반 즈음 널리 퍼지게 됩니다.

독일에서는 니체가 부담스럽고 불편한 철학자였는데, 하이데거와 야스퍼스가 니체에 대한 주요한 책을 씁니다. 하이데거는 프라이부르크대학 총장으로 재직할 때 히틀러와 나치즘에 호의적으로 발언한 적이 있습니다. 이것이 겉으로는 전부지만 부역했다는 비난이 계속 이어집니다.

하이데거와 나치의 관계는 이후 재해석됩니다. 한쪽에는 나치와 연루된 하이데거 구하기 프로젝트가 있습니다. 하이데거 연구자, 하이데거를 존경하고 나치를 배격하는 철학자들이 많습니다. 이들은 하이데거의 오명을 어떻게 벗겨낼지 고심하는데, 가장 쉬운 방법은 실수였다고 보는 겁니다. 하이데거 철학의 핵심과 나치는 무관한데 우연히 엉켰다는 것, 그러니까 먹물이 튄 겁니다. 다른 한쪽에서는 좀 더 과격합니다. 하이데거가 반성하지 않는 것도 문제고, 나치와 깊은 연관이 있다고 봅니다. 겉으로만 연루되어 있거나 무관한 것은 큰 문제가 아닙니다. 그런데 깊이 연관되어 있다면 (이를 하이데거가 의식했는지 정확히 알수는 없지만) 사과가 어렵습니다. 그의 철학 전체가 걸려 있기 때문입니다. 하이데거 문제는 여전히 진행 중입니다.

하이데거는 니체에 대한 책을 여러 권 씁니다. 그가 이렇게 공들여 다룬 현대 철학자는 니체뿐입니다. 앞서 언급했듯 하이데거가 보기에는 자신 앞에 있는 최고의 철학자가 니체입니다. 니체 스스로 서양 형이상학의 철학사는 자신 이전과 이후로 나뉜다고 했지요. 철학사에서는 아주 드문 자화자찬입니다. 플라톤 이후에 2500년의 역사가 있는데, 그 역사가 니체가 보기에는 자기 앞에서 끝난다는 겁니다.

그런데 하이데거의 구분법은 조금 다릅니다. 니체는 형이상학 2500년 역사의 마지막 철학자고 자신부터 새로이 철학사가 시작된다는 것이고요. 생년으로 보면 하이데거는 1889년생이고, 니체가 1844년생이니 45년 정도 터울이 집니다. 하이데거 앞에 산처럼 있는 철학자가 니체입니다. 그렇기 때문에 하이데거 입장에서 니체가 더 중요한 철학자로 부각될수록 유리합니다. 니체가 마지막 철학자라는 말은 니체와 함께 철학이 끝난다는 뜻입니다. 그리고 무언가 다른 것이 시작됩니다. 철학 말고 다른 것, 하이데거는 그걸 '사유'라고 부릅니다. 철학의 종언과 사유의 시작. 이러한 구도를 짭니다.

초인 사상은 『차라투스트라는 이렇게 말했다』의 핵심 개념입니다. 신은 죽었지만 하이데거가 보기에 초인은 신의 대체물입니다. 효과가 유지되는 겁니다. 기독교에서 2000년 동안 지속된 피조물 인간 대 창조주 신이라는 관념 그리고 영혼불멸설은 니체가 폐기합니다. 플라톤과 기독교 이래로 쭉 내려온 사상의 전통을 망치로 부수지만 아직 남아 있습니다. 그 흔적에서 완전히 탈피하지 못한 철학자가 니체라고 하이데거는 봅니다. 형이상학에서 한쪽 발은 뺐지만 여전히 다른 발은 붙들려 있는 철학자,

이것이 하이데거가 그린 니체입니다. 하이데거 자신은 온전히 벗어났다고 말하고 싶어 하고요.

쿤데라는 이들과 대결한다고 말합니다. 이종격투기와 비슷합니다. 전공은 다르지만 같은 상대를 놓고 같은 전장에서 대결을 벌인다는 뜻입니다. 영원회귀는 니체의 가장 난해한 핵심 사상이자 한편으로는 어처구니없는 사상입니다. 즉 영원회귀를 어떻게 생각하는가는 니체에 대한 해석을 가늠하는 척도입니다. 다른 부분의 의견은 대동소이할 수 있지만 영원회귀에 대해서만큼은 천차만별입니다. 요약하면 세 가지의 반응이 있습니다.

한 가지는 우스꽝스러운 생각이라고 하는 것. 쿤데라도 처음에 그렇게 이야기합니다. 영원회귀는 신비로운 사상이고, 니체는 많은 철학자를 곤경에 빠뜨렸다, 우리가 이미 겪었던 일이 어느 날 그대로 무한히 반복된다고 생각하면……. 이것이 니체가 영원회귀라는 말로 전하는 바인데, 이 신화가 뜻하는 것은 무엇일까? 생각 자체가 우스꽝스럽다는 겁니다. 그래서 한쪽에서는 기각합니다. 니체의 주요한 개념에서 뺍니다. 영원회귀를 포함하면 철학자 니체의 이미지가 망가진다고 생각해서입니다. 이는 있는 그대로 받아들인 것이지요. 이와 달리 새로운 니체주의자들은 영원회귀를 액면 그대로가 아니라 다르게 이해해야 한다고 제안합니다. 똑같은 것이 반복되는 게 아니고, 차이가 반복되는 거다, 하고 비틀지요. 그러다 보니 영원회귀가 갑자기 조심스럽게 읽어야 하는 섬세한 사상으로 변모됩니다. 이것이 두 번째 해석입니다.

너의 운명으로 달아나라

그리고 세 번째 해석에서는 영원회귀가 하나의 윤리적 요청이 됩니다. 너의 모든 행동이 영원히 반복되어도 좋을 만하게끔 행동하라는 윤리적 명령으로 해석하는 것입니다. 그럼 칸트의 정언명령과 비슷해집니다. 나를 예외로 만들지 마라, 네가 행동할 때 모든 사람이 해도 좋을 만한 일을 하라는 겁니다. 말하자면 개별성과 보편성 사이의 칸막이를 트는 거지요. 즉 개별적인 것이 보편적이 되게 하라는 칸트식 윤리 원칙입니다.

　칸트식 윤리는 공시적인 평면에서 이루어지고 니체의 영원회귀는 시간 축에서 전개됩니다. 지금 너의 선택과 행동이 영원히 반복되어도 좋을 만한 것인가? 긍정할 수 있는 선택을 하라는 겁니다. 공시적인 평면에 있던 윤리적 행동의 선택을 통시적인 차원, 시간 축 위로 옮겨놓습니다.

쿤데라의 영원회귀

　여기에 쿤데라의 해석이 추가됩니다. 니체와 쿤데라의 대결 구도는 『참을 수 없는 존재의 가벼움』을 읽는 한 가지 독법입니다. 이 작품은 다차원적이기 때문에 여러 시각과 코드로 읽을 수 있습니다. 하나는 쿤데라의 자전적 맥락이고, 또 공시적으로는 체코의 1968년 자유화 운동, '인간의 얼굴을 한 사회주의 운동'의 실패 후일담으로도 읽을 수 있습니다.

　쿤데라는 철학적 대결 구도를 읽는 관점에서 이 작품을 시작합니다. 이 대결에는 작가의 방식이 있습니다. 소설가는 인물을 쓸 수 있습니다. 철학자는 주로 개념을 쓰지요. 철학은 개념의 논증 방식으로 구축되는데, 소설은 인물의 관계나 사건 묘사 등을 통해서 다룹니다. 앞서 이종격투기라고 말씀드렸는데 허용된 무기가 다른 겁니다. 철학자들의 무기가 개념이라면 작가들에게는 인물입니다.

영원회귀에 쿤데라가 해석을 보탭니다.

> 세상사를 우리가 아는 그대로 보지 않게 해주는 시점을 일컫는 것이라고 해두자.

있는 그대로의 세상사란 우리가 보통 경험하는 것인데, 단 한 번뿐인 인생입니다. 그런데 영원회귀는 이에 도전장을 내미는 새로운 아이디어입니다. 삶에 대해서 다시 생각해보도록 하는 역할을 합니다. 쿤데라는 그런 면에서 영원회귀의 의의를 찾고자 합니다. 어떻게 다시 보게 하는가? 삶이 있고 옆에 영원회귀가 있습니다. 갑자기 붙여놓으니 삶이 이례적이 됩니다. 딱 한 번뿐인 삶. 그동안 자각하지 못했는데 영원히 반복되는 것이 옆에 있으니까 갑자기 삶이 새롭게 규정됩니다. 영원회귀의 의미는 이 대조 효과에 있다고 생각합니다.

쿤데라는 니체의 영원회귀 때문에, 독자는 쿤데라의 소설 때문에 일회적 삶을 다시 생각해보게 됩니다. 정말 니체의 주장대로 삶이 영원히 반복되는가? 아니면 일회적인 것일까? 각자 생

너의 운명으로 달아나라

각은 다를 수 있습니다. 그렇다 하더라도 한번 옆에 붙여놓은 이상, 삶은 예전과 같은 의미를 가질 수 없습니다. 쿤데라는 양극단 사이에서 인물들이 진동하는 모습을 보여주지요.

> 프랑스 혁명이 영원히 반복되어야 한다면, 로베스피에르에 대한 프랑스 역사의 자부심도 덜할 것이다.

쿤데라는 코미디화된 하나의 성찰을 보여줍니다. 프랑스혁명이 반복된다면 어떻게 될까요? 로베스피에르가 등장하고 목이 잘리고, 다시 등장하고 목이 잘리고……. 한 번 등장해서 목이 잘렸을 때는 비장함이 있었습니다. 그런데 등장하고 목이 잘리는 것이 반복되니까 우스워집니다. 일회적이라면 로베스피에르는 한 치 앞도 보지 못하고 공포정치를 낳았고 스스로 그의 희생자가 되는 비극적인 인물로 기억됩니다. 두 로베스피에르 사이에는 분명한 차이가 있습니다.

개인도 마찬가지입니다. 단 한 번뿐이라고 할 때 삶이 가지는 무게감과 영원히 반복될 때의 무게감. 전혀 다릅니다. 쿤데라는 이 차이를 무게로 대비시킵니다. 가벼움과 무거움.

> 나는 히틀러에 관한 책을 뒤적이다 사진 몇 장을 보곤 감격했다. 내 어린 시절이 떠올랐기 때문이다. 나는 어린 시절을 전쟁 통에서 보냈다. 내 가족 중 몇몇은 나치 수용소에서 죽기도 했다. 그러나 그들의 죽음이, 되돌아갈 수 없는 내 인생의 한

시절, 다시는 돌아오지 않을 그 시절을 떠올리게 해줬던 히틀러의 사진에 비한다면 무슨 의미가 있을까?

쿤데라는 히틀러의 사진 때문에 어린 시절이 떠오른 겁니다. 과거가 애틋한 이유는 한 번 지나갔고 다시 오지 않기 때문입니다. 그래서 그리워지는 것이지요. 그런데 계속 반복된다고 한다면? 니체가 느닷없이 영원회귀를 툭 던지는 바람에 삶이 전혀 다른 의미를 가지게 되었습니다. 그리고 굉장히 가벼워졌어요. 말 그대로 참을 수 없을 정도로 가벼워졌습니다. 영원회귀가 너무나 무겁기 때문에 일회적인 삶은 너무나 가벼워진 겁니다. 이 효과를 쿤데라는 작품에서 다룹니다.

그러한 영원회귀에 대한 성찰은 계속됩니다.

영원회귀의 세상에서는 몸짓 하나하나가 견딜 수 없는 책임의 짐을 떠맡는다. 바로 그 때문에 니체는 영원회귀의 사상은 가장 무거운 짐이라고 말했던 것이다.

『차라투스트라는 이렇게 말했다』에 나오는 내용입니다. '중력의 영'이 등장해 차라투스트라에게 속삭입니다. '영원히 반복되어도 좋은가?' 그러자 차라투스트라는 앓아눕습니다. 그는 시련을 겪으며 강해집니다. 니체 철학에서 중요한 미덕은 건강입니다. 물론 신체뿐 아니라 실존의 총체적인 역량과 관계있습니다. 더욱 건강한 자가 되기를 권유합니다. 차라투스트라는 영원회귀의 도전을 받고, 시련을 통해서 더 강한 자가 되며 영원회귀를 인정하는 자로 재탄생합니다. 진정한 초인의 탄생입니다.

영원회귀가 가장 무거운 짐이라면, 이를 배경으로 거느린 우리 삶은 찬란한 가벼움 속에서 그 자태를 드러낸다.

길고 짧은 것은 상대적입니다. 일회적인 삶의 무게 역시 옆에 너무나 무거운 것이 있기 때문에 참을 수 없을 정도로 가벼워지지요. 사람에 따라서 삶은 가벼울 수도, 좀 무거울 수도 있습니다. 경박할 수도 있고, 진중할 수도 있고요. 이에 비하면 영원회귀는 거의 무한에 수렴하는 무거움입니다.

반면에 짐이 완전히 없다면 인간 존재는 공기보다 가벼워지고 어디론가 날아가버려, 지상의 존재로부터 멀어진 인간은 겨우 반쯤만 현실적이고 그 움직임은 자유롭다 못해 무의미해지고 만다.

쿤데라는 역사적인 사례도 떠올립니다. 14세기 아프리카에서 두 왕국이 전쟁을 벌여 30만 명이 처참하게 죽었습니다. 아무도 기억하지 못합니다. 존재감이 없어 너무 가벼운 겁니다. 30만 명이 죽었으니 처참한 전투였고 무게감 있는 사건이어야 하는데 아무도 기억하지 못하는 시대의 전쟁이라서 다 잊혔습니다. 너무나 가벼워졌지요. 그런데 반복해서 30만 명이 죽는다고 하면 큰 사건이 되고 굉장한 무게감을 가지게 됩니다.

쿤데라는 영원회귀가 가지는 효과를 이 작품에서 충분히 음미하고자 합니다. 단순한 철학 개념이 아니라 인간의 삶에 적용해 탐구하고 성찰하는 겁니다. 영원회귀를 가져옴으로써 삶에 대한 소설적 성찰에 도움을 받습니다.

삶의 진동

쿤데라의 작품은 모더니즘 스타일입니다. 리얼리즘과 모더니즘은 작가와 주인공의 관계, 작품에서 작가의 위치를 통해서 식별할 수 있습니다.

리얼리즘 소설에서 신적 존재인 작가는 작품 바깥에 있고 개입하지 않습니다. 이와 달리 쿤데라의 소설에는 작가가 창작하는 과정도 작품에 포함되어 있습니다. 작품은 결과인데 과정까지 포함하게 되니까 소설의 경계가 확장됩니다. 가령 소설가가 작품을 쓰다가 누군가를 만나서 밥 먹고 이야기를 나눈다면 이는 소설 바깥 영역입니다. 쿤데라는 그것까지 소설에 포함시킵니다. "그렇게 해서 이 소설의 주인공 토마시가 탄생하게 되었다." 이는 작품 바깥의 이야기지만 쿤데라는 안으로 가지고 옵니다. 『불멸』에서는 친구를 만나 소설 제목을 무엇으로 할까, 의논하고 작중 인물에 대해서 상의도 합니다. 인물을 써나가는 한편으로 쓰고 있는 자신까지 작품의 일부로 포함하는 구성입니다.

작가는 토마시를 어떻게 떠올리게 되었는지 이야기합니다. 토마시가 자신의 집 안마당 건너편 건물 벽을 쳐다보면서 창가에 서 있는 것, 어찌해야 할 줄 모르는 채 망연자실한 표정을 짓고 있는 모습. 이것이 작품의 시작입니다. 이 출발점은 5부에서 한 번 반복됩니다. 이러한 반복은 영원회귀와 관련이 있습니다. 참을 수 없는 일회적인 삶과 영원회귀 사이에 끼어 있는 것이 실제의 삶인데, 이 작품에서 쿤데라가 제시하는 건 일회적인 삶만도, 영원히 반복되는 삶만도 아닙니다. 그 사이에서 진동하는 모습을 그립니다.

이렇게 진동하는 모습이 테레자 테마에서는 '여섯 번의 우연'입니다. 우연은 아주 가볍고 필연은 무거워요. 그런데 여섯 번의 우연은 애매합니다. 우연히 겹칠 수도 있지요. 그런데 여섯 번 겹칠 확률은 상당히 낮으니까 필연일지도 모릅니다. 토마시 테마도 마찬가지입니다. 그에게서는 일회적인 사랑과 운명적인 사랑이 대비됩니다. 바람둥이 돈 후안은 한 여자를 두 번 보지 않습니다. 반면에 한 여자에 대한 운명적인 사랑의 대명사로 트리스탄이 있습니다. 테레자의 여섯 번의 우연에 해당하는 것이 트리스탄과 돈 후안이 중첩된 토마시의 형상입니다. (가볍게 던지는 질문 중에 다시 태어나도 이 사람과 결혼하겠는가가 있지요. 그렇다고 답하면 초인입니다. 긍정하기 위해서는 강해져야 합니다.)

토마시는 프라하의 한 병원에 근무하는 의사인데 이혼하면서 아내에게 아이를 주고, 부모와도 절연해서 자유분방한 삶을 삽니다. 책임질 짐이 전혀 없는 인물입니다. 여자를 갈망하는 한

편으로 두려워하는 그는 '에로틱한 우정'이라는 타협점을 고안해냅니다. 가벼운 연애를 하기 위한 자기만의 원칙인 '3의 규칙'을 만듭니다. 짧은 기간 동안 연달아 한 여자를 만날 수는 있지만 세 번 이상은 안 된다, 수년 동안 여자를 만날 수 있지만 3주 이상 간격을 두어야 한다 등. 그러면 깊이 빠지지 않겠지요. 돈후안으로서 토마시가 가진 원칙입니다. 다르게 말하면 삶의 가벼움을 유지하는 것입니다. 그런데 시골에 잠시 내려갔다가 만난 카페 종업원 테레자가 프라하로 찾아옵니다.

테레자를 어떻게 할 것인가? 결혼해서 특별한 관계를 만들 것인가? 아니면 잊을 것인가? 선택지를 놓고 고심하는 토마시의 모습입니다. 이 장면에서 처음 쿤데라가 주인공을 떠올렸고 주인공 토마시와 테레자의 관계를 쭉 엮어나갑니다.

> 그는 건너편 건물 벽에 시선을 고정한 채 창가에 서서 생각에 잠겨 있었다. 그녀에게 프라하로 와서 살림을 차리자고 제안해야 할까? 그는 뒷감당이 두려웠다. 지금 그녀를 자기 집에 불러들인다면 그녀는 자신의 온 생애를 그에게 바치려 들 것이다.

토마시의 고민입니다. 지금까지의 원칙에 위배되기 때문에 망설입니다.

> 아니면 그녀를 포기해야만 할까? 그럴 경우 테레자는 촌구

너의 운명으로 달아나라

석 술집의 종업원으로 살 것이며, 그는 다시는 그녀를 만날 수 없을 것이다.

토마시는 예외적인 상황에 놓여 있는데, 가벼운 삶과 무거운 삶 중 선택할 수 있습니다. 어려운 문제입니다. 토마시는 계속 진동합니다. 작품에서 쿤데라가 보여주는 것이 이렇게 계속 진동하는 모습입니다. 양자택일로 끝나지 않습니다. 그리고 이 관점에서 작품의 구성까지 이해할 수 있습니다. 토마시와 테레자는 작품 중간에 교통사고로 죽습니다. 정확하게는, 죽었다는 사실이 알려집니다. 한때 토마시의 연인이었던 사비나가 그의 아들이 보낸 편지를 통해 이들의 사망 소식을 알게 됩니다. 만약 일회적 삶을 보여주는 구성이었다면 소설은 이들의 죽음으로 끝나야겠죠. 하지만 전적으로 작가의 의도가 개입합니다.

시간대를 바꿔서 중간쯤에 가장 최근을 다룹니다. 그다음 시간을 거꾸로 돌려서 이야기를 진행합니다. 마지막 7부에서 토마시와 테레자는 농장에서 열린 파티에 다녀오는 길에 교통사고로 죽게 되는데, 그 장면에서 멈춥니다.

한 사이클이 반복됩니다. 시간의 흐름으로 배열하자면 이야기는 중반부에서 끝나지만 작품의 실제 결말은 토마시와 테레자가 가장 행복한 한때를 보내는 장면입니다. 작가적 고안인 동시에 일회성과 영원불멸 사이의 균형을 유지하기 위한 시도로 읽힙니다. 작가는 어느 한쪽 편을 들고 있지 않은 겁니다.

미체험의 행성

　테레자는 『안나 카레니나』를 들고 토마시를 찾아옵니다. 그녀가 『안나 카레니나』라는 소설을 선택했고 강아지 이름을 카레닌이라고 붙이는 것은 쿤데라의 의도를 반영합니다. 『안나 카레니나』 역시 이 작품처럼 두 커플의 이야기입니다. 그리고 테레자는 소설 속 주인공이지만 소설을 읽습니다. 『안나 카레니나』에 대한 성찰도 덧붙입니다. 이는 쿤데라가 에세이 『커튼』에서도 하는 이야기입니다. 특히 안나 카레니나가 기차에 몸을 던져 자살하는 대목에 대한 쿤데라의 해석을 제시해요. 이와 관련해서 살펴보면 테레자가 『안나 카레니나』를 들고 오는 건 우연은 아닌 것이지요.

　테레자는 독감에 걸려 토마시의 집에서 며칠 묵고 내려갑니다. 그 뒤 토마시는 고심 끝에 테레자와 같이 살기로 결정합니다. 쿤데라는 토마시가 고민하는 상황을 5부에서 다시 한 번 상기시키며 '미체험의 행성'에 대해 숙고합니다.

　　　우주 어디엔가 우리가 두 번째 태어난 행성이 있다고 가정해보자. 또한 지구에서 보낸 전생과 거기에서 익힌 경험을 완벽하게 기억한다고 해보자.

　지구가 바로 미체험의 행성입니다. 그리고 어딘가에 다른 행성이 있습니다. 그곳에서는 지구의 경험과 기억을 그대로 가진 채 생이 반복됩니다. 다시 한 번 그대로 살게 되는데 문제는 기억을 가졌기 때문에 다른 선택을 할 수 있는 것입니다. 자신의 선택을 교정할 수 있겠지요. 이것이 차이가 반복되는 것의 의미입니다.

> 인류가 매번 더욱 성숙하면서 다시 태어나는 다른 행성들이 있을지도 모른다.

다만 문제는 미체험의 행성에서는 이런 이점을 기대할 수 없습니다. 불행하게도 지구가 첫 번째 행성이에요. 실수가 많겠지요. 선택에 직면해서 토마시가 중얼거리는 독일어 속담이 있습니다. '아인말 이스트 카인말Einmal ist keinmal.' '한 번 있었던 일은 아무것도 아니다. 없었던 것과 마찬가지다'라는 뜻입니다. 삶의 일회성 또는 가벼움의 표현이기도 합니다. 한 번뿐인 삶이란 존재하지 않았던 것과 비슷합니다.

앞서 역사적 사례로 14세기 아프리카의 전쟁을 예로 들었는데, 분명히 존재했지만 없는 것과 마찬가지입니다. 말 그대로 참을 수 없을 정도로 가볍습니다. 무에 수렴하지요. 다른 한쪽에는 무한에 수렴하는 무거운 영원회귀가 있습니다. 영원회귀의 캐치프레이즈에 해당하는 것은 '에스 무스 자인Es muss sein', '그래야만 한다'입니다. 의무이자 필연이지요. 영원회귀의 선택에 상응하는 것입니다.

처음에 토마시는 '아인말 이스트 카인말'의 소설적 육화로 등장합니다. 그런데 테레자와 사랑에 빠지면서 무거운 삶으로 이동합니다. 돈 후안이었다가 트리스탄으로 움직입니다. 이 둘이 중첩되어 있어 사비나가 흥미롭다고 생각해요. 결국 이 이동은 그의 여성 편력에도 변화를 가져옵니다. 한 여자와 정사를 나누는 것과 함께 잔다는 것은 전혀 다른 두 열정이라고 생각하지만 테레자를 알고부터 토마시는 술의 도움 없이 다른 여자와 사랑을 나누지 못합니다.

테레자와 7년 동안 동거하며 잠은 같이 자지만 정을 통하는 것은 다른 여자입니다. 두 가지를 화해시켜보려는 형상이 토마시이고요. 무거움과 가벼움 사이에서 진동할 수밖에 없는 모습은 실제 삶에 가깝습니다. 사비나의 표현처럼 돈 후안 토마시는 한편으로는 테레자만을 생각하는 트리스탄이기도 합니다.

'에스 무스 자인'은 작품 속 베토벤과 관련된 일화에서 나오는데, 원래 이야기에서는 고상한 의미를 갖고 있지 않습니다. 베토벤이 돈을 빌려주었는데 그 사람이 "꼭 갚아야 될까요?" 물으니 "갚아야 된다"고 답합니다. '에스 무스 자인'입니다. 그렇지만 이 작품에서는 상당히 고양된 의미를 갖고 있으니 이 또한 흥미로운 대조입니다.

토마시와 테레자는 프라하의 봄 이후에 스위스의 취리히로 이주하지만 돌아옵니다. 테레자는 토마시의 바람기를 참지 못하고 다시 프라하로 돌아옵니다. 토마시는 테레자와 동거하며 가벼움에서 무거움 쪽으로 갔는데 사실 무거움에서 가벼움을 완전히 떨쳐내지 못했습니다. 여전히 바람둥이 기질을 가지고

너의 운명으로 달아나라

있습니다. 테레자가 떠나자 다시 해방되었어요. 가벼움의 상태로 돌아갈 수 있습니다. 그런데 토마시는 고심하다가 또 무거움을 선택합니다. 테레자를 따라 프라하로 가겠다고 해요. 근무하는 병원의 원장이 꼭 그래야만 하는지 물으니 베토벤의 선율을 떠올리면서 '에스 무스 자인'이라고 대답합니다. 그리고 다시 떠납니다. 자신의 운명을 짊어지기로 한 결단이기도 하면서 이 결심은 그의 삶을 다시 무겁게 만듭니다.

소설은 철학과는 달리 사색의 공간을 허용합니다. 『참을 수 없는 존재의 가벼움』은 영원회귀 사상의 쿤데라식 해석이며, 이야기를 통해 우리로 하여금 삶의 무거움과 가벼움에 대해서 한 번쯤 성찰해보도록 초대합니다. 무엇이 옳은가에 대한 선택은 각자의 몫이겠지요.

키치와의
대결

"인간은 유일무이한 존재이고, 단 한 번밖에 살 수가 없다."

아인말 이스트 카인말과 에스 무스 자인.

다시 반복하자면 '아인말 이스트 카인말'은 '한 번은 아무것도 아니다'라는 뜻입니다. 존재는 그 자체로는 가치를 판별할 수 없고 무엇인가와 대조되어야 합니다. 가령 1은 0과 비교하면 충분히 존재감을 가집니다. 하지만 무한과 나란히 놓일 때 또는 무한을 분모로 하면 0으로 수렴하지요. 아인말 이스트 카인말은 1은 0과 같다는 것입니다.

반면에 '에스 무스 자인'은 존재에 대한 확고부동한 동의로서 키치와 연결됩니다. 불변의 것, 영원히 반복되어도 좋을 만한 것, 그것이 가능하며 가능해야만 하는 것을 쿤데라는 '키치'라고 총칭합니다.

키치의 유형

쿤데라는 미학적 키치의 의미를 확장시켜서 다양한 유형이 가능하다고 했습니다. 전체주의 키치, 가톨릭 키치, 유대인 키치, 공산주의 키치, 파시스트 키치, 민주주의 키치, 페미니스트 키치, 유럽 키치, 미국 키치, 민족 키치, 국제주의 키치······ 키치가 아닌 게 없을 정도입니다. 쿤데라는 키치가 인간 조건의 일부라고까지 말합니다. 그렇다면 인간은 불가피하게 키치와 연루될 수밖에 없습니다. 이러한 키치와 대결한다면 쿤데라의 전선은 광범위하지요. 또한 인간 조건의 일부이기도 하니 극복이나 분리가 가능하지 않습니다. 다만 그것을 의식하고 있다면 키치의 폐해나 지배로부터 우리가 조금은 자유로워지지 않을까 하는 정도가 최대 기대치일 것 같습니다.

『참을 수 없는 존재의 가벼움』에서는 사비나가 키치로부터의 도주를 대표하는 인물로 등장합니다. 가장 자유로운 인물인 사비나는 토마시와 연인이었고 프란츠와도 관계를 맺습니다. 그리고 프란츠는 친키치적인 인물로 혁명에 대한 동경을 품고 있어요. 캄보디아의 대장정에 참여했다가 불의의 습격을 받아 죽습니다. 키치에 대한 쿤데라식 응징이며 희화화입니다. 물론 인물의 생사여탈권은 작가가 쥐고 있기에 인물들이 어떤 죽음을 맞는가를 통해 독자는 작가의 의중을 읽게 됩니다. 무엇을 응징하고자 하는가? 프란츠의 죽음은 키치에 대한 쿤데라의 단호한 거부감을 한 번 더 읽게 해줍니다.

쿤데라는 작곡하는 느낌으로 작업합니다. 분량, 템포에 대해서도 세밀하게 고려합니다. 이 작품 역시 한 가지 주제가 등장하면 제1주제, 제2주제, 그다음 옆길로 갔다가 돌아와서 주제의 반복, 변주로 구성되어 있습니다. 1부·2부·3부는 사비나와 프란츠 이야기, 4부·5부는 토마스, 테레자, 테레자, 토마스로 이어집니다. 6부는 다시 사비나와 프란츠, 7부 카레닌의 미소로 마무리 짓습니다. 물론 이야기가 조금씩 섞이지만 메인 주제부가

너의 운명으로 달아나라

있고, 서브플롯에 해당하는 부주제가 있으며 이것이 마지막에 종합되는 구성입니다.

존재의 가벼움과 무거움 사이에서 진동하는 인물이 토마스와 테레자, 가벼운 편의 극단에 사비나, 그리고 극단까지는 아니더라도 무거움에 배정될 수 있는 인물이 프란츠입니다. 주요 등장인물 가운데 프란츠, 토마스, 테레자가 죽고 사비나만 살아남습니다. 3부는 그 배경에 대한 설명으로도 읽을 수 있습니다.

사비나와 프란츠의 이야기도 작가인 화자가 들려줍니다. 3부의 제목은 '이해받지 못한 말들'이고 장을 나누어 사비나와 프란츠 사이의 소통 문제를 다룹니다. 개념을 다르게 이해하기 때문에 서로 오해하는 부분을 지적하고 있습니다. 결국 둘은 맺어지지 못합니다. 프란츠의 구혼을 사비나가 거절하지요. 그들의 관계는 두 사람이 이해하는 단어의 의미 차이에 대한 설명을 통해서 제시됩니다. 3부의 7장 중 '진리 속에서 살기'를 보면 둘의 확연한 차이점을 알 수 있습니다. 예를 들어 사비나에게 진실 혹은 진리와 함께 산다는 것은 군중으로부터 멀어진다는 뜻입니다. 프란츠에게는 군중과 함께한다는 의미이고요. 프란츠는 남편으로부터 버림받은 어머니에 대한 사랑을 다른 여성들에게 투사합니다. 동정과 존경, 충실의 덕목으로 자신을 무장하고 여성들을 대하지요. 그런데 사비나는 의무로부터 벗어나고 도망치는 것이 사랑이라고 생각합니다. 각기 다른 사랑관은 필연적으로 충돌합니다.

나약함으로 다가가기

토마시와 테레자의 관계가 요동하는 것은 힘의 차이 때문입니다. 토마시는 강하고 테레자는 약합니다. 균형이 맞지 않으니 사랑하지만 서로를 힘들게 합니다. 이는 테레자의 반복적인 악몽에서 확인되는데 결말에서 비로소 화해해요. 서로 힘의 균형이 맞추어진다는 뜻인데, 테레자가 강해지는 것이 아니라 토마시가 약해집니다. 둘 다 기운이 빠져 안착합니다. 마지막 장 '카레닌의 미소'는 행복한 상태의 커플을 보여주며 끝납니다.

나약함의 대표적인 상징은 강아지 카레닌입니다. 중의적인 명명입니다. 암캐지만 남자 이름을 붙였고 그 이름에 가장 걸맞지 않은 개이기도 합니다. 마지막에 카레닌은 암에 걸리고 안락사됩니다.

앞질러서 마지막 장면을 말씀드리면 니체의 또 다른 형상이 묘사됩니다. 즉 작품은 영원회귀에 대한 탐구로 시작되었지만 결말에서 우리가 보는 것은 또 다른 니체입니다. 바로 1889년, 이탈리아의 토리노 광장에서 학대받는 말을 끌어안고 쓰러진 니체의 모습입니다.

> 내 눈앞에는 여전히 나무둥치에 앉아 카레닌의 머리를 쓰다듬으며 인류의 실패에 대해 생각하는 테레자가 있다. 이와 동시에 또 다른 이미지가 눈앞에 떠올랐다.

너의 운명으로 달아나라

화자는 테레자의 모습에서 니체를 떠올립니다. 토리노의 한 호텔에서 나오는 니체, 광장에서 마부에게 채찍질을 당하는 말을 보고 다가가 목을 끌어안고 혼절하는 니체입니다. '인간은 극복되어야 하는 존재이고, 인간은 초인으로 건너가는 다리'라고 한 차라투스트라의 니체, 영원회귀와 초인 사상의 니체와는 사뭇 다릅니다.

말을 끌어안고 쓰러지는 에피소드는 도스토예프스키의 『죄와 벌』[1866]에도 나옵니다. 어린 라스콜니코프가 시장에서 학대받는 늙은 암말을 끌어안고 흐느끼다가 아버지한테 왜 사람들이 불쌍한 말을 학대하느냐고 항의하는 대목이지요. 니체의 이야기는 정확하게 문학 작품을 모방한 에피소드로도 유명합니다. 니체가 도스토예프스키의 작품을 읽고 격찬한 바 있습니다. 당시 니체는 인류사에서 자신이 유일한 심리학자인데 한 명 더 꼽으면 도스토예프스키가 있다고 했을 정도입니다.

광장에서 말을 끌어안고 쓰러진 니체의 모습은 약한 것에 대한 공감과 동정을 드러낸 대표적인 사례입니다. 토마시가 테레자에게 느꼈던 감정과 같습니다. 테레자는 강보에 싸인 채 강물에 떠내려 온 아이의 이미지로 등장합니다. 아이는 무력함을 나타내지요. 강하면 이길 수 있습니다. 강하니까 구속받지 않습니다. 테레자는 반대로 모든 것에서 전적으로 다른 사람의 처분에 놓여 있습니다. 토마시가 보여주는 것은 그에 대한 동정심입니다. 그런데 카레닌은 테레자의 보살핌을 받지요. 가장 약한 자는 테레자인데 그보다 더 약합니다. (정치인 가운데 체코 공산당의

제1서기였다가 프라하의 봄 때 모스크바로 압송되어 질책당하고 굴욕적인 협상을 한 다음 돌아와서 국민들에게 방송을 했던 정치가 두브체크가 있습니다. 그 또한 나약함의 형상입니다. 작품 속에서 두브체크보다도 나약한 것이 카레닌으로 되어 있습니다.)

7부의 제목은 '카레닌의 미소'입니다. 영원회귀의 성찰에서 시작해 나약함의 존재론, 나약함에 대한 예찬으로 작품이 마무리됩니다. 주제가 변주되었지요. 영원회귀의 니체는 운명을 긍정하는 자, 극복해내는 자, 강한 자입니다. 그런데 동정심 때문에 쓰러진 니체는 다릅니다. 차라투스트라는 일주일 동안 앓아누웠다가 건강을 회복합니다. 하지만 니체는 쓰러진 뒤 회복되지 않습니다. 가장 학대받는 자, 가장 나약한 자와 함께합니다. 『참을 수 없는 존재의 가벼움』에서 덜 주목받는 주제이기도 합니다. 쿤데라는 이 작품에서 두 명의 니체를 소환한 것이지요.

> 니체는 말에게 다가가 마부가 보는 앞에서 말의 목을 껴안더니 울음을 터뜨렸다. 그 일은 1889년에 있었고, 니체도 이미 인간들로부터 멀어졌다. 달리 말해 그의 정신 질환이 발병한 것이 정확하게 그 순간이었다. 그런데 내 생각에는 바로 그 점이 그의 행동에 심오한 의미를 부여한다. 니체는 말에게 다가가 데카르트를 용서해달라고 빌었던 것이다.

데카르트는 동물에게는 영혼이 없다고 했습니다. 악명 높은 발언입니다. 최근 동물이 철학적 사유의 대상으로 주요하게 다

너의 운명으로 달아나라

루어지면서 동물에 대한 사유가 재검토되고 있는데 여기서 데카르트는 악역을 맡고 있습니다. 데카르트는 자동인형, 기계 장치로서의 동물을 언급하며 인간과 구별된다고 생각했는데, 이를 부정하는 제스처가 니체의 행동입니다.

> 그의 광기(즉 인류와의 결별)는 그가 말을 위해 울었던 그 순간 시작되었다.

쿤데라의 해석에 따르면 또 다른 니체입니다. 쿤데라가 재조명하는 니체는 말에 대한 동정심 때문에 정신을 잃고 쓰러진 니체입니다. 그는 니체와 죽을병에 걸린 개의 머리를 무릎에 얹고 쓰다듬는 테레자의 모습을 중첩시킵니다.

테레자는 카레닌이 새끼를 낳는 꿈을 꿉니다. 그런데 크루아상 두 개와 벌 한 마리를 낳습니다. 시적인 출산입니다. 카레닌이 좋아하는 빵인 크루아상과 벌. 카레닌은 개이지만 꿈을 꿀 수 있고, 영혼을 가졌다는 것을 암시합니다. 가장 나약하지만 미소를 짓는 존재. 테레자와 토마시는 그런 카레닌을 닮아갑니다. 무거움과 가벼움이라는 주제의 다른 한편에 약함에 수렴하는 강함이 있습니다.

> 토끼로 변했다는 것이 무엇을 의미할까? 그가 힘을 잃었다는 것을 의미한다. 이제부터 두 사람 모두에게 더 이상 힘이 없다는 것을 의미한다.

무엇을 할 수 있을 때가 아니라 그 어떤 것도 할 수 없을 때 행복에 도달합니다. 테레자와 토마시의 실제 삶은 직선적인 시간 축에 표시되겠지요. 둘이 만났고, 스위스에 다녀왔고, 시골 농장에 갔다가 죽음을 맞습니다. 하지만 작품 안에서 재구성된 이들의 삶에서 죽음은 마지막 사건이 아닙니다. 그 이후에도 삶은 계속됩니다. 미적인 착시 효과이자 미적인 가상이기도 합니다. 예술 작품은 무엇을 하는가? 일반론이기는 하지만 삶의 유한성을 극복하는 것입니다. 유한성을 다른 것으로 대체합니다. 사물화함으로써 인간은 조금 더 불멸에 근접하게 됩니다. 책을 쓰거나 그림을 그리는 욕구도 마찬가지입니다. 생명이 지구상에 등장한 이래로 반복해온 일인 먹고 살아남아서 재생산(번식)하는 것 외에 인간은 독특한 세계를 고안합니다. 바로 예술이지요.

사랑의 변주

토마시와 테레자의 사랑을 좀 더 살펴보려고 합니다. 작품의 앞부분에서는 사랑의 모델로 의무나 당위, '에스 무스 자인'을 말합니다. 테레자는 토마시가 바람피우는 걸 참지 못하고 프라하로 돌아갑니다. 토마시는 고민하다가 결국 테레자를 따라 프라하에 갑니다. 전반부에서 둘의 사랑은 당위의 구속을 받습니다. 필연으로서의 사랑입니다. 우리는 운명적인 사랑을 믿고 싶어 합니다. 선택은 어렵기 때문입니다. 운명이라고 하면 순응하

너의 운명으로 달아나라

게 됩니다. 운명은 내가 결정한 것이 아니라 신의 선택이지요. 섭리이기도 합니다. 신이 나를 책임져야 합니다. 그렇다면 나는 책임에서 면제됩니다. 반면 영원회귀는 우리에게 부담스럽기 때문에 벗어나고 싶어집니다. 견딜 수 없기 때문에 운명적인 사랑에 의지하고자 합니다. 그런데 이 주제가 한 번 뒤집어집니다.

토마시에게 바람기는 그의 명령입니다. 그래서 토마시에게 자유는 운명적인 사랑에서 벗어나는 것입니다. 그런데 1·2부에서 그려지는 토마시와 테레자의 관계와 4부에서 그려지는 사랑은 조금 다릅니다.

테레자는 토마시에 대한 사랑이 우연이라고 생각합니다. 운명적이지 않습니다. 테레자는 여섯 번의 우연을 운명이라고 생각하고 토마시를 찾아왔지요. 그런 테레자도 얼마든지 변심할 수 있습니다. 어떤 남자가 접근하자 그와 육체적 관계를 갖고자 합니다. 테레자의 복수심도 작용했겠지요. 테레자는 토마시 대신 이 남자를 선택할 수도 있었습니다. 그런데 결정적인 순간, 목소리가 마음에 안 들어서 무산됩니다. 그 장면이 말해주는 것은 무엇일까요? 우연입니다.

그녀는 변기에서 일어나 수세 끈을 잡아당기고 현관으로 돌아왔다. 버림받은 알몸의 육체 속에서 영혼이 떨고 있었다. (…) 그때 뭔가 잊지 못할 일이 벌어졌다. 그녀는 방에 있는 그를 만나서 그의 목소리, 그의 부름을 듣고 싶어졌다. 그가 부드럽고 나지막한 소리로 그녀에게 말한다면, 그녀의 영혼은 다시 과감하게 육체의 표면까지 떠오를 것이며, 그녀는 울기 시작했을 것이다. 그녀는 꿈속에서 커다란 마로니에 나무둥치를 껴안았듯 그를 감싸 안았을 것이다. 현관에 서서 그녀는 그의 면전에서 펑펑 울고 싶은 커다란 욕망을 애써 억눌렀다. 그것을 자제하지 못한다면 원치 않는 일이 벌어지리라는 것을 그녀는 알고 있었다. 그녀는 사랑에 빠질 것이다.

결정적인 순간에 그가 나지막한 목소리로 불러주기만 했더라면 사랑에 빠졌을 겁니다. 그런데 가늘고 날카로운 목소리가 들렸고 테레자는 깜짝 놀랍니다.

어떻게 여태껏 그것을 의식하지 못했을까? 그녀가 유혹을 떨쳐버릴 수 있었던 것은 아마도 그 목소리가 불러일으킨 불쾌하고 황당한 느낌 덕분이었을 것이다.

유혹에 빠질 수 있었지만 목소리라는 우연적인 요소 때문에 이전 상태로 돌아오게 됩니다. 토마시에 대한 테레자의 선택이 운명에 따른 것이라기보다는 우연적이라는 것, 그리고 토마시의 사랑도 운명이자 당위라고 생각했는데 그렇지 않다는 것이 5부의 내용입니다.

수많은 여자를 추구하는 남자는 두 범주로 쉽게 나눌 수 있다. (…) 첫 번째 부류의 집착은 낭만적 집착이고, 그들은 여자

너의 운명으로 달아나라

에게서 찾는 것은 그들 자신, 그들의 이상이며 그들은 항상 끊임없이 실망한다.

토마시의 사랑에 대해 설명하면서 쿤데라는 바람둥이의 두 유형을 이야기합니다. '서정적lyrical 바람둥이'와 '서사적epic 바람둥이'입니다. 집착에 가깝습니다. 서정성과 서사성은 쿤데라의 소설론에서 주요한 짝 개념입니다. 이 작품에서도 그대로 쓰고 있습니다. 서정적 바람둥이는 자신이 생각하는 이상적인 여성상이 있었는데 잃어버려서 이를 다시 찾으려고 매번 비슷한 타입의 여자를 만납니다. 그래서 사람들은 일관성, 지조가 있다고 생각합니다. 특이한 착각이지요.

그들의 바람기에 일종의 멜로드라마 같은 변명거리를 제공하기 때문에 수많은 감상적인 부인네들은 그들이 지닌 불치의 일부다처제를 감동적이라 생각한다.

쿤데라는 그와 대비되는 바람둥이를 '서사적 바람둥이'라고 부릅니다. 이들은 여자를 사랑하면서 기이함을 찾습니다. 수집가적 열정을 가진 서사적 바람둥이는 무엇인가를 새롭게 인식하고자 합니다. 인식의 열정이 여성 편력을 이끕니다.

쿤데라는 소설적 인식을 상당히 높이 평가합니다. 과학적·철학적 인식과 경합할 수 있다고도 말하는데, 토마시 즉 서사적 바람둥이는 소설가의 형상이기도 합니다. 그런데 문제는 5부 후반에 다다르면 토마시는 이런 열정이 피곤해집니다. 매번 새로움을 찾아다녀야 합니다. 스스로 '에스 무스 자인'으로부터 벗어나고 싶어졌습니다. 토마시의 의무는 한 여자에게 충실한 것이 아니라 여러 여자를 쫓아다니는 것이지만 이로부터 빠져나오고자 합니다.

그래서 토마시에게 전반부의 테레자와 5부의 테레자는 의미가 다릅니다. 전반부의 테레자는 토마시에게 의무로서 사랑의 대상이었습니다. 5부에서는 테레자는 의무로부터 해방된 사랑, 자유로서의 사랑이라는 의미를 획득합니다. (진동하는 모습을 보여주지요.) 토마시는 꿈속에서 이상적인 여자를 만납니다. 테레자가 시험에 드는 것과 비슷합니다. 토마시는 자는 것도 깨어난 것도 아닌 상태에서 이상적인 여자가 사라지는 모습을 보며 소리 지릅니다. "맙소사, 이 여자를 절대 놓칠 수 없어."

꿈속의 여자는 토마시의 에스 무스 자인, 운명적인 사랑입니다. 그에 충실하려면 테레자를 떠나야 합니다. 그렇지만 토마시는 과감하게 결단을 내립니다. 테레자를 위해서 사랑의 에스 무스 자인을 배신합니다. 테레자는 고작 여섯 번의 우연일 뿐입니다. 즉 우연보다 무겁기는 하지만 운명적인 사랑에 비하면 가볍습니다. 그런데 테레자를 선택하지요.

살펴보았듯 두 사람의 사랑이라는 주제는 전반부와 후반부에서 변주됩니다. 그리고 마지막 7부, 카레닌의 주제로 가면서 나약함에 대한 옹호와 예찬으로 수렴되는 것이 작품의 전개 과정입니다.

키치로부터 달아나기

6부 서두에서 스탈린의 아들, 야코프의 자살 에피소드가 제시됩니다. 그는 영국군의 포로가 되었는데 변기 때문에 모욕당하고 화장실 청소를 강요받는데 이에 항거하고자 고압 철조망으로 달려들어 감전사합니다. '화장실 청소를 하느니 차라리 죽음을 선택하겠다'였습니다. 쿤데라는 이를 높이 평가합니다. 전쟁의 온갖 바보짓 가운데 유일하게 형이상학적인 의미를 갖는 죽음이었다고 말해요. 그 죽음이 나름대로 고상한 의미를 가진다는 겁니다. 그와 함께 키치라는 주제를 조금 더 자세히 다룹니다.

야코프 스탈린은 목숨을 부지하기 위해서 감수해야 할 것을 거부합니다. 반면에 키치는 그에 대한 어떠한 거부감도 없습니다. 존재에 대한 확고부동한 동의를 미학적 이상으로 삼는 세계는 똥이 존재하지 않는 것처럼 그립니다. 말하자면 키치란 본질적으로 똥에 대한 절대적인 부정이고, 키치는 자신의 시야에서 인간 존재가 지닌 것 중 본질적으로 수락할 수 없는 모든 것을 배제합니다. 야코프 스탈린은 똥과 화해할 수 없었습니다. 자기의 부분이기는 하지만, 그것과 편안한 관계에 놓일 수가 없었던 것입니다.

역설적이지만 키치에서는 그에 대한 동의가 가능합니다. 없는 것으로 처리하기 때문에 완벽하게 동일시되는 듯이 말합니다. 오물, 부정적인 것, 추악한 면 등을 완전히 제거하기 때문입니다. 키치에 가장 저항적인 태도를 보여주는 인물은 예술가인 사비나입니다. 사회주의 예술은 사회주의 이념과 예술을 완벽하게 동일시하는 것입니다. 사비나는 사회주의 프로파간다를 자임하는 것에 반발합니다. 이는 행진, 대장정, 슬로건들과 연결됩니다. 슬로건 중 하나는 공적인 삶과 사적인 삶의 구분이 없고 투명하게 연결되는 것입니다. 프란츠는 그래야 한다고 생각하고, 사비나는 거부감을 보입니다. 프란츠는 지식인 좌파에 해당하는데 치기가 있습니다. 역시 사비나는 이를 혐오합니다.

축제의 행진 대열이 내건 묵시적 슬로건은 '인생 만세!'였습니다. 사비나는 공산주의 사상에 무관심한 사람들조차도 공산주의 행렬로 내모는 것, 이런 멍청한 반복에 대해서 극심한 반감을 피력합니다. 키치가 정치적인 술수라는 표현도 합니다. 대중을 동원하기 위해 가져다 쓰는 것들이 키치이기도 하지요. 특히 키치가 위세를 발휘하는 것은 전체주의 사회입니다. (물론 키치는 광범위하기 때문에 전체주의가 아닌 자본주의 사회, 자유민주주의라고 열외가 될 수는 없지만.)

> 내가 전체주의라고 표현한 까닭은 키치를 훼손하는 모든 것은 삶으로부터 추방당하기 때문이다.

쿤데라는 전체주의에서 키치가 전면적이라는 데서 부정적으로 봅니다. 그리고 이것은 쿤데라의 소설이 이용되는 방식이기도 합니다. 이 작품은 1984년에 출간되었습니다. 특히 주목받은

너의 운명으로 달아나라

이유는 1989년의 분위기 때문입니다. 쿤데라에게 가장 결정적인 해가 두 연도라고 했는데 『농담』은 1948년 전후가 시대적 배경이며 『참을 수 없는 존재의 가벼움』은 1968년 전후입니다. 그 다음으로 쿤데라에게 문제적인 연도는 1989년입니다. 물론 소련이 해체되는 해는 1991년이지만 1989년 시점에서 현실 사회주의가 몰락합니다. 현실 사회주의 역사는 체코만 하더라도 1948년부터 1989년까지인데, 이때 쿤데라의 작품이 소환되며 주목받은 것입니다.

정확하게 이런 맥락에 있는 작가이기 때문에 쿤데라는 1990년대 초반에 노벨문학상의 유력한 후보로 거명되는 등 인기가 좋았습니다. 『참을 수 없는 존재의 가벼움』에 대한 붐이 형성되는 것은 정확하게 동구권 사회주의의 몰락을 배경으로 합니다.

사비나는 키치에 대한 느낌을 이야기하면서 테레자의 악몽에 비교합니다. 테레자는 꿈에서 나체의 여자들과 함께 수영장 주위를 행진하면서 노래를 불러야 했고 공포감을 느낍니다. 사비나는 그녀에게 키치는 이러한 공포와 유사하다고 말하며 '나의 적은 공산주의가 아니라 키치'라고까지 하는데 이는 쿤데라 자신의 발언으로도 여겨집니다. 쿤데라는 키치를 두 가지 의미, 정치적·도덕적 의미와 미학적 의미, 두 축으로 바라봅니다.

프란츠는 체코에서 온 사비나를 프라하의 봄, 혁명을 체현하는 존재로 봅니다. 하지만 이는 오판입니다. 사비나는 모든 억지 웃음, 억지 사랑, 억지 행복을 강요하는 전체주의 키치로부터 도망가려고 합니다. 사비나의 부에서 이 책의 제목 '참을 수 없는 존재의 가벼움'이라는 표현이 나옵니다. 가벼움을 잘 대변하는 인물이 사비나지요. 사비나는 어떤 무거움에도 얽매이지 않으려는 성향을 보여줍니다. 그리고 이 무거움이 정치적 주제로 변주될 때 키치와 가깝습니다.

가벼움과 무거움이 존재론적 차원에서는 니체의 영원회귀와 관련해서 검토될 수 있지만 정치의 차원으로 옮겨 오면 다른 방식으로 변주됩니다. 무거움이라든가 키치는 가벼움을 수용하지 않는 태도이기도 합니다. 에스 무스 자인에 결박되어 있습니다. 전체주의는 '그래야만 한다' 즉 당위의 세계입니다. 대장정, 행진도 마찬가지로 이탈을 허용하지 않습니다.

앞부분에서 영원회귀를 통해 삶이 갖는 일회성, 가벼움에 대해 통찰하게 했다면 후반부에서는 가벼움을 옆으로 가져다놓음으로써 무거움과 폭력성을 직시하게 합니다. 사비나와 비교했을 때 프란츠의 세계가 가진 무거움 같은 겁니다. 그리고 이는 결말이 보여주듯이 '어이없음'이지요. 테레자에게 중요한 것은 전혀 다른 믿음에 대한 동경입니다. 소설 끝부분은 이러한 동경을 침울함, 동정심 같은 주제를 통해서 잘 제시합니다.

그다음 인간과 동물의 소통과 연대라는 주제로 넘어가는데, 테레자가 발견한 이상적인 사랑이지요. 카레닌과 자신의 사랑은 토마시와의 사랑보다 낫다고 생각합니다. 테레자는 남녀 간의 사랑이란 본질적으로 개와 인간의 사랑보다 열등하다고도 말합니다. 카레닌과의 사랑은 이해관계가 없기 때문에 서로 강요하거나 요구하지 않습니다. 이와 달리 테레자는 토마시에게

너의 운명으로 달아나라

더 요구했기 때문에 실망했고, 헤어지려고 떠나기도 했으며 다시 찾아오기를 기대하는 과정을 밟습니다. 그가 나를 사랑할까? 다른 누구를 더 사랑하는 것은 아닐까? 이러한 염려를 하지 않아도 된다고 하는 것. 의심하고 저울질하고 탐색하고 검토하는 의문이 더 이상 필요하지 않은 것을 이상적인 형태의 사랑으로 치켜세웁니다.

질문하는 문학

쿤데라는 생생하고 실감 나는 인물을 창조함으로써 여러 주제에 대한 성찰을 유도합니다. 작가가 말하는 에세이 소설의 특징이기도 하지요. 쿤데라는 인간 실존에 대한 앎과 인식을 제공하는 것을 소설의 도덕이라고 말합니다. 쿤데라가 부도덕하다고 비난하는 소설은 새로운 앎을 제시하지 않는 경우입니다. 그 또한 일종의 키치지요. 뻔한 인식, 뻔한 내용을 복창하고 중요하지 않은 내용을 포장하는 것을 그는 혐오하고 경멸합니다.

이 작품 역시 여러 가지를 성찰하게 합니다. 크게는 삶의 가벼움과 무거움에 대해서, 그리고 그 안에서 삶이 어느 정도 의미를 갖는가에 대해서 살피게 합니다. 그리고 사랑은 필연적이어야 하는지, 우연적이어야 하는지……. 좋은 소설은 해답을 제시한다기보다 물음을 던집니다. 『참을 수 없는 존재의 가벼움』은 쿤데라 자신의 소설론에 대단히 충실한 작품이기도 합니다.

인간은 유일무이한 존재이고, 단 한 번밖에 살 수가 없다.

　이러한 사실은 그 자체로는 실감하기 어렵습니다. 영원회귀라는 물음은 이를 의식하게 하는 데 의미가 있다고 쿤데라는 해석합니다. 니체의 실제 의도와 관계없을 수 있지만 쿤데라는 이러한 용도로 영원회귀 개념을 가져다 씁니다. 삶의 무게를 재기 위해 그 옆에 영원회귀를 둡니다. 그렇다면 일회적인 삶은 아주 가벼운 것이고 이를 극복해서 아주 무거운 삶이 되어야 하는가? 아니면 참을 수 없을 정도로 가볍다 하더라도 이대로가 더 나은 것인가?

　마지막으로 중요한 대목 한 가지만 더 짚도록 하겠습니다. 정치적 이슈와 관련해서 토마시가 '오이디푸스론'을 일간지에 발표하는데 철회 요청을 받습니다. 지식인들에게 프라하의 봄에 대한 책임을 추궁하는 내용입니다. 오이디푸스는 자신의 과오를 깨닫고 눈을 찌릅니다. 이를 예로 들며 당사자들이 혁명의 실패에 책임져야 한다고 발언하는데, 당국을 상당히 불편하게 했고 철회를 요구받습니다. 고심 끝에 토마시는 거부합니다. 에스 무스 자신을 선택한 겁니다. 자신의 주장에 인생을 걸었습니다. 철회하지 않아서 병원에서 쫓겨났고 유리창닦이 청소부로 전락합니다. 생각해보면 갈릴레오적 선택도 있었습니다. 그래도 '지구는 돈다'고 중얼거리는 선택이지요. 목숨은 건져야 하잖아요. 그렇지만 토마시는 자기 존재를 다 걸며 무거운 선택을 합니다. 편안한 삶을 포기하고 사회에서 추방당하는 운명을 감수합니다. 토마시의 또 다른 면이지요.

그런데 토마시는 나중에 정치적인 탄원서에 서명해달라는 요청을 받습니다. 일관되려면 요청을 받아들여야 합니다. 그런데 거절합니다. 아들까지 찾아와서 부탁하지만 거절합니다. 이번에 토마시는 가벼움을 선택했어요. 이 사이에 충돌이 있습니다. 무거움과 가벼움 사이에서 진동하는 토마시의 모습입니다. 이는 소설의 마지막, 나약함이라는 주제와 연결됩니다. 쿤데라 인물들은 '주의자'가 아닙니다. 믿음이나 가치, 종교, 정치적 신념에 모든 것을 걸지 않습니다. 그렇다고 해서 가볍기만 한 존재도 아닙니다. 종잡을 수 없이 변덕스럽습니다. 강한 듯 나약한 존재입니다. 쿤데라의 입장이지요. 앞서 언급했듯 쿤데라는 1948년과 1968년 혁명에 가담한 전력이 있습니다. 자신의 정치적 이력과 무관하지 않은 모습이라고 생각합니다.

쿤데라는 지식인 작가로 평가받지는 않습니다. 프랑스 문학에는 에밀 졸라에서 사르트르로 이어지는 작가 지식인의 계보가 있습니다. 작가는 지식인 투사이기도 합니다. 쿤데라는 투사는 아닙니다. 그렇다고 철저하게 기피하고 도망치기만 한 작가 역시 아닙니다. 쿤데라 문학의 성취는 그 사이에서 진동하는 모습을 보여주는 데 있다고 생각합니다. 『참을 수 없는 존재의 가벼움』이 그의 대표작인 이유이기도 합니다.

이 책에 인용한 한국어판 번역본

프리드리히 니체, 『차라투스트라는 이렇게 말했다』, 장희창 옮김, 민음사, 2004

니코스 카잔차키스, 『그리스인 조르바』, 이윤기 옮김, 열린책들, 2000

니코스 카잔차키스, 『최후의 유혹』 1·2, 안정효 옮김, 열린책들, 2008

서머싯 몸, 『달과 6펜스』, 송무 옮김, 민음사, 2000

서머싯 몸, 『인생의 베일』, 황소연 옮김, 민음사, 2007

서머싯 몸, 『면도날』, 안진환 옮김, 민음사, 2009

밀란 쿤데라, 『정체성』, 이재룡 옮김, 민음사, 1998

밀란 쿤데라, 『농담』, 방미경 옮김, 민음사, 1999

밀란 쿤데라, 『참을 수 없는 존재의 가벼움』, 이재룡 옮김, 민음사, 1999